KB253093

장강삼협 長江三峽

조돈형 新무협 판타지 소설
FANTASTIC ORIENTAL HEROES

장강삼협 8

조돈형 新무협 판타지 소설

초판 1쇄 찍은 날 § 2013년 1월 11일
초판 1쇄 펴낸 날 § 2013년 1월 18일

지은이 § 조돈형
펴낸이 § 서경석

편집부장 § 권태완
편집책임 § 박우진

펴낸곳 § 도서출판 청어람
등록번호 § 제1081-1-89호
등록일자 § 1999. 5. 31
어람번호 § 제2-2297호

주소 § 경기도 부천시 원미구 심곡2동 163-2 서경B/D 3F (우) 420-822
전화 § 032-656-4452 팩스 § 032-656-4453
http://www.chungeoram.com
E-mail § chungeorambook@daum.net

ⓒ 조돈형, 2011

ISBN 978-89-251-3141-2 04810
ISBN 978-89-251-2574-9 (세트)

장강삼협

長江三峽

江峽長三

조돈형 新무협 판타지 소설

[완결] 8

FANTASTIC ORIENTAL HEROES

청어람

第六十四章
사면초가(四面楚歌)

소흥의 동호에 위치한 낙성검문.

해가 뉘엿뉘엿 넘어가는 늦은 오후, 절강의 패자 낙성검문을 향해 두 청년이 비틀거리는 걸음걸이로 접근했다.

정확히 말하자면 한 청년은 몸을 가눌 수 없을 정도로 취했고 다른 청년은 그 청년을 수습하느라 덩달아 휘청거리는 것이었다.

"그만 봐. 난 멀쩡하다고. 앞으로도 반나절은 더 마실 수 있어."

불콰해진 얼굴, 입에선 연신 노랫가락을 흥얼거리며 땅바닥에 자꾸만 얼굴을 들이미는 한진의 말에 풍도는 곤란할 대로 곤란한 표정으로 한숨을 푹푹 내쉬었다.

"공자님. 낙성검문이 코앞입니다. 이런 꼴로 외조부님을 만나 뵐 생각입니까?"

"이런 꼴이라니? 내 꼴이 어때서?"

한진이 발끈하며 고개를 쳐들었지만 초점 잃은 눈에 몸은 자꾸만 중심을 잃고 흔들렸다.

"몸도 제대로 가누시지 못할 정도로 취하셨습니다."

"에헤, 안 취했다니까. 난 멀쩡해. 이것 보라고."

단단히 지켜보라는 듯 손가락으로 풍도의 눈을 가리킨 한진이 성큼성큼 발걸음을 내딛었다.

제 딴에는 똑바로 걸음을 내딛는 것이라 생각하겠지만 갈 지자로 흐느적거리는 한진의 모습에 풍도는 차마 보지 못하겠다는 듯 고개를 돌려 버리고 말았다.

그렇게 티격태격하는 사이 둘은 낙성검문에 도착을 했다.

"누구냐?"

이미 한참 전부터 정문을 향해 걸어오는 한진과 풍도를 못마땅한 눈빛으로 쏘아보던 사내가 차갑게 외쳤다.

"하하하! 드디어 도착했구나. 낙성검문. 이게 얼마만이더라."

한진은 엉뚱한 소리를 지껄이며 사내를 그대로 지나치려 했다.

사내가 검을 뻗어 한진을 가로막았다.

검을 뽑은 상태는 아니었지만 언제라도 검을 뽑아 베어버리겠다는 기세를 뿜어냈다.

"좋아, 좋아. 아주 바람직한 자세야. 정문을 지키는 자라면 이 정도 기개는 있어야지."

사내의 표정이 일그러지는 것에는 아랑곳없이 어깨를 툭툭 치며 격려(?)를 한 한진이 그대로 스쳐 지나가려는 찰나 사내의 입에서 거친 욕설이 튀어났다.

"주정뱅이 놈이 뒈지려고 환장을 했구나."

사내가 검을 빼 들었다.

고작 정문을 지키는 자임에도 군더더기 없는 동작이며 눈으로 쫓기도 힘들 정도로 빠른 발검이 낙성검문의 명성을 다시금 확인시켜 줬다.

그러나 거기까지였다.

사내의 목에는 어느새 풍도의 검이 겨눠져 있었다.

"더 이상의 무례는 용납하지 않는다."

살벌하기 그지없는 풍도의 기세에 질린 사내가 어찌할 바를 몰라 당황하고 있는 사이 아침부터 정문을 기웃거리던 낙성검문의 총관이 기겁을 하며 달려왔다.

"아이고, 공자님! 이제야 오셨군요."

나이 육십이 무색할 만큼 재빠른 걸음으로 달려온 총관이 비틀거리는 한진의 몸을 부축했다.

"할아범이네. 그동안 잘 있었어?"

“잘 있다마다요. 아휴, 술 냄새. 대체 얼마나 드신 건가요?”

“크크크, 쬐끔 마셨지.”

한진이 엄지와 검지를 살짝 오므리며 말했다.

고개를 설레설레 흔든 풍도가 상대의 식도를 지그시 압박하고 있던 검을 거둬들이며 물었다.

“됐지?”

식은땀을 흘리던 사내가 고개를 끄덕였다.

총관이 하루 종일 누구를 기다렸는지 알고 있던 사내의 표정은 과히 좋지 않았다.

풍도가 그의 어깨를 툭 치며 말했다.

“그대의 잘못이 아니다. 공자님이 취한 게 잘못이지.”

사내의 불안감을 해소시킨 풍도는 이내 몸을 돌려 이제는 거의 총관에게 안기다시피한 한진의 뒤를 쫓았다.

한진이 도착했다는 전갈을 받은 소문주 천소강이 한달음에 달려왔다.

“이놈, 진아!”

천소강이 양팔을 벌리며 소리쳤다.

“하하하! 그동안 잘 계셨습니까, 외숙?”

한진은 들소처럼 달려드는 천소강의 모습에 잠시 난감한 표정을 지었지만 피하지는 않았다.

“이, 이제 그만요.”

숨이 턱턱 막히도록 격한 포옹을 견디다 못한 한진이 천소강의 등을 톡톡 쳤다.

"크! 술 냄새. 대낮부터 무슨 술이냐? 제대로 마시지도 못하면서."

천소강은 포옹을 푼 대신 한진의 양쪽 볼을 꽉 잡으며 물었다

"크흐흐."

"그나저나 대체 이게 얼마 만이냐?

"한 삼 년 되었나요?"

겨우 손길을 떼어낸 한진이 붉게 변한 볼을 문지르며 말했다.

"그러니까. 참 세월이 빨라. 아무튼 어서 들어가자. 들어볼 말도 많고 할 말도 많다."

어릴 적 유약한 모친 덕분에 외가에서 보낸 시간이 많았던 한진은 천무장보다는 오히려 낙성검문에 정을 더 두었고 외조부인 천인후를 비롯하여 외가 쪽 식솔들에게 많은 사랑을 받았다. 특히 젖먹이 때부터 그를 업어 키우다시피 한 천소강은 친자식보다도 그를 더 사랑한다는 말이 있을 정도였다.

"어릴 적엔 보름이 멀다하고 다녀가던 녀석이 어찌 그렇게 연락을 뚝 끊었단 말이냐?

천소강이 한진과 나란히 걸으며 물었다.

"아시잖아요. 이것저것 준비할 것이 많았다는 걸. 저도 갇혀 있는 동안 갑갑해서 죽는 줄 알았어요."

한진이 고개를 흔들며 말했다.

한데 놀라운 것은 어느새 비틀거리던 걸음도, 꼬였던 발음도 평상시와 거의 다름이 없다는 것이었다.

'에휴. 내 이럴 줄 알았지.'

한진을 보며 고개를 숙인 풍도가 연신 한숨을 내쉬었다.

충분히 몸을 수습할 수 있는 정신력이 있으면서도 그렇게 흔들리는 모습을 보인 것은 순전히 자신을 골탕 먹이기 위한 행동이라 여긴 것이다.

"그래. 고생했다."

지난 삼 년 동안 한진이 본격적인 후계자 수업을 받기 위해 피나는 노력을 했다는 것을 알고 있던 천소강이 다소 안쓰러운 얼굴로 그의 어깨를 토닥였다.

"고생은요. 어차피 겪어야 하는 일인데."

씩씩하게 대답하는 한진을 환한 얼굴로 바라보던 천소강이 냅다 등짝을 후려쳤다.

"그런데 이 녀석아! 길을 떠났다는 전갈을 받은 지가 언젠데 이제야 나타나?"

"크으으. 어째 나이가 드실수록 손만 매워지시는 것 같습니다."

오만상을 찌푸리며 맞은 부위를 긁던 한진이 갑자기 표정을 바꾸며 대답했다.

"동정호에 다녀왔습니다."

"동정… 호? 뜬금없이 동정호는… 너!"

고개를 갸웃거리던 천소강은 동정호라는 단어의 의미를 파악하고는 뜨악한 표정을 지었다.

"대체 무슨 짓을 한 것이야?"

"제가 상대해야 할 적이 어떤지 보고 싶어서요."

"그래도 그렇지. 자칫하여 위험에라도 빠지면 어쩌려고."

"직접 군산으로 쳐들어간 것도 아닌데요, 뭘. 그저 유람선이나 타고 동정호 한 바퀴를 휙 하고 돌았을 뿐입니다."

천소강은 천연덕스럽게 대꾸하는 한진을 보며 할 말을 잃었다.

"그래. 본 소감은 어떻더냐?"

"유람선에 승선한 와호맹의 수적들과 직접 접촉하지는 않았지만 그래도 먼발치에서 볼 수는 있었습니다. 한데 위협을 하거나 거드름 따위는 전혀 보이지 않더군요. 오히려 수적들치고는 꽤나 당당했어요. 누가 보면 이름깨나 있는 문파의 제자로 착각을 할 정도였으니까요."

"음."

천소강의 입에서 짧은 신음이 흘러나왔다.

통행세를 걷으러 다니는 일개 수적의 태도가 그러할진대 와호맹의 정예는 어떠할지는 굳이 보지 않아도 알 수 있었다.

"소문 따위는 믿지 않았건만 네 말대로라면 결코 쉬운 상대는 아닌 것 같구나."

"그럴 수도요. 하지만 아무리 포장하고 치장해도 수적 떼
는 수적 떼에 불과하지요."

"그런 자만심은 안 돼."

"설마요. 자만심이 아니라 자신감입니다."

"자신감? 하, 그동안 실력이 좀 늘은 모양이구나."

천소강의 말에 한진이 무슨 소리를 하느냐는 듯 두 눈을 동
그랗게 떴다.

"천하의 낙성검문이 뒤에 딱 버티고 있는데 그만한 자신감
이야 당연하잖아요."

"뭐라고?"

"하하하! 농입니다, 농."

"어째 세월이 지나도 그놈의 장난기는."

한숨을 내쉬는 천소강의 모습을 보며 장난스런 웃음을 짓
던 한진이 문득 생각났다는 듯 물었다.

"그런데 외할아버지께선 잘 계시지요? 외숙모는 어떠세
요?"

"참 빨리도 물어본다."

"호호호. 그러게요."

"며칠 전부터 기다리고 계셨는데 네가 엉뚱한 곳으로 빠진
것을 아시고 할 수 없이 그냥 가셨다. 아마 지금쯤 도착하셨
을걸."

"가서요? 어디를요?"

한진의 물음에 천소강이 의미심장한 웃음을 지으며 말했
다.

"곧 알게 될 거다."

*   *   *

조금씩 이슬이 내려앉기 시작한 늦은 저녁, 상운루(上雲樓)
에 한 잔 술과 함께 은은한 달빛으로 빛나는 서호의 풍경에
취해 있는 노인이 있었다.

새하얀 머리카락과 검미, 가슴까지 내려오는 미염(美髥)에
현기가 담겨 있는 두 눈까지 그야말로 선풍도골(仙風道骨)을
지닌 노인은 다름 아닌 낙성검문의 문주 유성검 천인후였다.

"너무 늦는군요."

천인후 뒤쪽에 서 있던 방교(邦喬)가 못마땅한 음성으로 말
했다.

"급하게 통보를 한 것은 우리다. 서호의 풍취도 나쁘지 않
으니 좀 더 기다려 보자꾸나."

그의 말이 끝나는 것과 동시에 문이 열리며 오 척 단구의
노인이 모습을 보였다. 천무장의 장로이자 해사방을 암중으
로 장악하고 있는 공탁이었다.

"제가 조금 늦었습니다."

"너무 무리하게 청한 것은 아닌지 모르겠네. 어서 앉으

시게.”

“감사합니다.”

천인후와 마주 앉은 공탁이 방교에게 시선을 두었다.

“방 대장도 오랜만일세.”

“예. 장로님. 건강하셨습니까?”

“나야 늘 그렇지. 하루하루를 따분하게 보내다 보니 이렇게 배만 나왔다네.”

공탁이 두툼한 허리 살을 움켜잡으며 말했다.

“그러게. 일전에 봤을 때보다 살이 조금 는 듯하군. 해사방에서의 일이 잘 풀린 모양이야.”

“잘 풀렸다기보다는 근래 들어 조금 여유가 있습니다. 어쨌든 석 잔의 벌주를 받을 테니 늦었다고 허물치 말아주십시오.”

공탁이 잔을 내밀자 천인후가 술을 따르며 웃었다.

“자네가 석 잔이 아니라 삼백 잔이라도 마다치 않는 주당이라는 건 아는 사람은 다 알지.”

공탁은 천인후가 따라주는 석 잔의 벌주를 거푸 마신 뒤 말했다.

“그것도 이제는 옛말입니다. 나이가 들은 것인지 예전 같지가 않더군요.”

“늙는다는 것은 참으로 슬픈 일이지. 이해하네. 충분히 이해해.”

쓴웃음을 짓는 천인후와 공탁은 술잔을 주고받으며 한참이나 소소한 잡담을 나누었는데 본론이 나온 것은 술자리가 시작하고 거의 반 시진이나 지난 후였다.

"노부가 자네를 찾은 이유는 다름이 아니라……."

막 술잔을 집던 공탁이 슬그머니 손을 뺐다.

표정도 더없이 진지하게 변했다.

"아무래도 자네의 힘을 빌려야 할 것 같아서 왔네."

"흐음. 낙성검문의 문제는 아닌 것 같고… 혹 후계 문제 때문에 그런 것입니까?"

"바로 보았네."

"저희 장로전은 후계 구도에 어떤 간섭도 영향력도 행사하지 않기로 이미 내부적으로 결정을 내린 상태입니다. 문주께서 모르시지 않으실 텐데요?"

대외적으로 공표만 하지 않았지 알 만한 사람은 다 알고 있는 사실임에도 굳이 도움을 청하는 것을 이해하지 못하겠다는 표정이었다.

"그건 노부도 알고 있네. 다만 노부가 원하는 것은 장로전이 아니라 자네 개인의 도움이야."

"예?"

공탁은 여전히 혼란스런 얼굴이었다.

"자네의 반응을 보니 역시 장주께선 따로 언질을 주지 않으셨군."

"장에 무슨 문제라도 있는 것입니까?"

"별다른 문제는 없네. 외부적으로야 아무런 문제도 없지. 하지만 두 사람에게는, 정확히 말하자면 두 사람과 연계된 가문에겐 심각한 문제가 생겼다네. 장주의 시험이 시작되었거든."

"시험이라면……."

장주의 시험이 시작되었다는 말에 공탁은 그 즉시 의미를 알 수 있었다.

두 사람이라면 곧 장주의 두 아들인 한교와 한진일 것이고 그들과 연관된 가문이라면 하후세가와 낙성검문일 터. 시험이란 곧 후계자를 결정하는 일임이 틀림없었다.

"그렇다면 더더욱 중립을 지켜야 되는 문제입니다."

공탁이 정색을 하며 말했다.

"그럴 수도 있겠지. 하나, 다른 사람은 몰라도 자네는 그럴 수가 없다네. 진아와 우리 낙성검문에게 내려진 명령이 무엇인 줄 아는가?"

"무엇입니까?"

"장강일통."

순간, 경악에 찬 공탁의 눈은 더 이상 커질 수 없을 정도로 동그랗게 떠졌다.

"장주는 욱일승천하는 기세로 커져 가는 와호맹을 막으라고 하더군. 그것으로 진이를 평가하겠다는 것이야."

"와호맹은 해사방이……."

"아무래도 해사방으론 감당이 안 되니까 그런 명령이 떨어진 것이겠지."

"와호맹이 근자 들어 세력이 커지는 것은 알고 있습니다. 하지만 장의 지원을 받은 해사방의 힘에 비할 바는 아닙니다. 무엇보다 제가 해사방을 장악하고 있는 상황에서 장주님이 어째서 제게 아무런 언질도 없이 낙성검문에 그런 임무를 맡긴 것인지 도무지 이해가 되지 않습니다."

"그건 자네에 대한 장주의 경고라고 봐도 무방할 것이네."

공탁의 안색이 확 변했다.

"경… 고요?"

"그래. 경고. 노부가 장주로부터, 음, 장주가 아니라 군사였던가. 아무튼 전령을 통해 받은 와호맹의 정보는 실로 놀랄 지경이었네. 그야말로 기겁할 정도였지. 자네 방금 와호맹의 힘이 해사방에 비할 바가 아니라고 했나?"

"그, 그랬습니다."

"반대네. 해사방은 와호맹의 힘을 결코 감당하지 못해."

"미, 믿을 수 없습니다."

"믿을 수 없다니 한 가지를 첨부하지. 해사방만 감당하지 못하는 것이 아니라 본문 또한 와호맹과 일대일로 싸운다면 승리를 장담할 수 없을 정도네. 솔직히 말한다면 아마도 밀릴 것일세."

“…….”

공탁은 뭐라 할 말이 없었다.

비록 규모는 가장 작을지 몰라도 자부심으로 따지자면 칠주 중 으뜸이라는 낙성검문이었다. 그런 낙성검문의 수장이 이제 겨우 유명세를 타고 있는 수적 떼를 감당키 버겁다는 소리를 하는 것이었으니 믿으려야 믿을 수가 없었다. 그렇다고 농으로 치부하기엔 천인후의 표정이나 태도가 너무도 진지했다.

“그 정도입니까?”

비로소 상황을 정확히 인식한 공탁이 무거운 음성으로 물었다.

“그렇다네. 그런데도 자네나 해사방은 와호맹에 대해 제대로 파악을 하지 못하고 있었지. 그것이 자네와 해사방이 아닌 우리에게 와호맹을 맡기는 이유라네. 이해가 되나?”

“예.”

“장주는 와호맹을 이용해 진아와 낙성검문을 시험하고 더불어 어쩌면 임무에 태만했다고 할 수 있는 자네에게 경고를 하는 것이라네.”

태만이라는 말에 욱하는 마음이 들었지만 결과가 그리 나왔기에 공탁은 아무런 말도 할 수가 없었다.

“결국 자네는 자네의 의도와는 상관없이 이미 우리와 한배를 탔다고 보면 될 것이네. 그리고 하나 더. 장로전은 후계자 싸움에 전혀 영향력을 행사하지 않을 것이라 했나?"

"그렇습니다."

"반은 맞고 반은 틀렸네."

"그건 또 무슨 말씀입니까?"

"장로전의 이름으로 개입을 하지 않을 뿐이지 장로 개개인의 신분으론 개입을 하지 않으려야 하지 않을 수가 없다네. 그건 장로전뿐만 아니라 원로원이나 호법전 또한 마찬가지."

"하지만 내부적으로 이미 의견을 주고받았습니다."

공탁은 천인후의 말을 강하게 부정했다.

"그렇다면 예를 들어보지. 자네는 이번 후계자 싸움에 중립을 지킬 수 있다고 보는가?"

"그, 그건……."

공탁은 대답하지 못했다.

"방금 전에 말했듯이 우리에게 와호맹을 치라는 명이 떨어진 순간 자네는 이미 우리와 한배를 탄 것이네. 아, 중립을 지킬 방법이 하나 있지. 해사방에 관한 모든 것을 다른 이들이나 우리에게 넘기고 조용히 장으로 돌아가는 것. 그리하면 자네 말대로 중립을 지킬 수 있을 것이네."

"그럴 수는 없습니다."

그동안 해사방에 들인 공을 생각하면 결코 있을 수 없는 일이었다.

"그러니까. 결국 자네는 장주의 둘째 아들 편에서 싸우게 되었단 말이지."

"……."

공탁이 무거운 표정으로 입을 다물자 천인후가 부드럽게 웃으며 말을 이었다.

"너무 마음 쓰지 말게. 자네만 그런 것은 아니니까. 역대 후계자 싸움을 들여다봐도 지금처럼 장로전이나 원로원이 어느 한쪽을 지지한 적은 한 번도 없었네. 늘 중립을 표방했지. 대신 알게 모르게 개인적으로 자기 입맛에 맞는 후계자를 위해 열심히 싸웠다네. 그건 우리 칠주 또한 마찬가지고."

공탁은 여전히 말이 없었다.

"허허허! 내가 너무 술맛 떨어지는 말만 한 것 같군. 자, 그 이야기는 잠시 잊고 술이나 마시세. 아직도 밤은 깊으니 오랫동안 취할 수 있을 게야."

천인후가 껄껄 웃으며 술잔을 권했지만 그걸 받는 공탁의 표정은 좀처럼 밝아질 줄을 몰랐다.

*　　　*　　　*

"두려워하지 마라. 죽음을 각오하면 반드시 이긴다."

온몸에 피칠갑을 한 동표가 어깨에 박힌 화살을 부러뜨리며 소리쳤다.

미친 듯이 달려드는 적을 보면서 동표는 활화산 같은 투기를 뿜어냈다. 그런 동표를 보는 비갑대원들의 얼굴에도 비장함이 깃들어 있었다.

이번 싸움에서 전멸을 면치 못할 것을 그들은 알고 있었다.

벌써 세 차례나 이어진 파상 공세에 대부분의 동료가 목숨을 잃었고 도움을 주던 몇몇 수채 또한 지리멸렬된 상태였다. 그럼에도 그들은 항복을 하거나 도망을 치지 않았다. 그들에겐 목숨을 바쳐서라도 반드시 지켜야 하는 사내가 있었다.

"모조리 쓸어버려. 이번에도 실패하면 네놈들의 모가지가 날아갈 줄 알아."

해사방을 이끄는 우두머리의 일갈과 함께 살기로 번들거리는 해적들이 괴성을 지르며 달려들었다.

"죽여랏!"

"와아아아!!"

온갖 무기를 치켜들고 달려오는 그들의 기세는 수적으로 열세인 비갑대원들을 단숨에 삼켜 버렸다.

챙챙챙.

날카로운 금속음과 함께 싸움은 순식간에 혼전으로 치달았다.

안타깝게도 몇 번의 싸움을 하는 동안 그 수가 확 줄어든 비갑대는 해사방의 적이 될 수가 없었다.

해사방의 공세가 거듭될수록 비갑대원들의 수는 급격하게 줄어갔다.

"와아아아!"

전멸을 목전에 둔 순간에 비영대가 달려왔다.

비영대주 중묘가 목이 터져라 소리를 질렀다.

"조금만, 조금만 더 버텨라. 이곳만큼은 반드시 막아야 한다."

죽음의 문턱에서 비영대의 구함을 받은 동표와 비갑대원들은 겨우 한숨을 돌릴 수가 있었다.

"상황은 어떤가?"

동표가 헉헉거리며 달려와 물었다.

"좋지 않아."

중묘의 표정은 심각했다.

"가능성이 없는 건 아니겠지?"

"아직은 모르겠네. 비묘대주가 필사적으로 노력하고 있으니 무슨 수가 나겠지. 그동안 시간을 벌어야 하네."

"더러운 새끼들. 설마하니 이렇게 노골적으로 해사방을 끌어들일 줄은 몰랐네."

"그러니까. 붙어먹을 놈이 없어서 하필이면 해사방과."

중묘가 이를 부득 갈았다.

"패륜을 저지르는 놈들에게 뭘 바라겠나. 아무튼 병신 같은 놈들이야. 조만간 알게 되겠지. 저 탐욕스런 해사방을 끌어들인 결과가 어떤 것인지를."

잠시 숨을 돌린 동표는 이내 전장으로 뛰어들었다. 그리곤

후미에서 해사방을 지휘하고 있는 중년인을 노리며 달려갔
다.

"재밌군."

동표가 자신을 향해 오고 있다는 것을 확인한 중년인이 비
릿한 웃음을 흘리며 동표를 막으려는 수하들의 움직임을 제
지했다.

"놈은 내가 상대하지. 지금의 기회를 놓치면 안 된다. 한
놈도 놓치지 말고 모조리 죽여 버려라."

해사방의 선봉장이라 할 수 있는 해월당주 간명(幹鳴)이 쩌
렁쩌렁 울리는 음성으로 소리쳤다.

해사방에서도 가장 강력한 무력을 지녔다고 나름 자부하
던 해월당이 고작 단심련의 패잔병들을 처리하지 못해 고생
을 하고 있다는 것에 자존심이 상할 대로 상한 간명은 직접
동표를 죽임으로써 손상된 자존심을 조금이나마 보상받고자
했고, 동표는 동표대로 적의 우두머리인 간명을 잡아 극도로
불리한 상황을 조금이나마 흔들어보고자 했다.

간명이 나서자 동표를 가로막고 있던 이들이 모조리 무기
를 거두고 물러났다.

단 몇 번의 걸음으로 간명과 마주하게 된 동표는 승부를 길
게 끌고 갈 생각이 없었기에 그야말로 혼신의 힘을 다해 공격
했다.

"타합!"

힘찬 기합성과 함께 동표의 칼이 날카로운 기세로 간명을 압박했다.

상대의 공격이 생각보다 강맹했지만 간명은 피할 생각이 없었다.

그대로 검을 치켜들어 공격을 막아낸 간명이 역으로 반격을 가했다.

파스스스.

날카로운 파공성과 함께 짓쳐드는 검기에 놀란 동표가 황급히 몸을 틀어 공격을 피했다.

파파팍.

간발의 차이로 동표를 스쳐 지나간 검기가 후미의 나무들을 쓸어버리며 섬뜩한 흔적을 남겼다.

"크크크, 원숭이가 울고 가겠군."

나직한 비웃음과 함께 간명의 몸이 빠르게 움직였다.

단숨에 거리를 좁힌 간명이 동표를 향해 그대로 검을 찔러넣었다. 단순한 공격이었지만 그럴수록 위력은 오히려 강한 법. 동표는 감히 경시하지 못하고 신중한 자세로 칼을 움직였다.

채챙!

동표의 칼과 간명의 검이 허공에서 요란하게 충돌했다.

동표의 안색이 확 변했다.

공격은 무리없이 막아냈건만 칼을 타고 엄청난 냉기가 쏟아져 들어왔다.

　황급히 내력을 움직여 막아보려 하였으나 너무 늦었다.

　칼을 움켜쥔 손은 순식간에 감각을 잃어버렸고 어깨까지 마비가 왔다.

　당황한 동표를 보며 간명의 입꼬리가 치켜 올라갔다.

　정확히 뭔지는 모르지만 동표는 간명의 계략에 자신이 당했음을 직감할 수 있었다.

　"한천빙령기(寒天氷靈氣)라는 것이다. 네놈이야 들어본 적이 없겠지만."

　먹이를 눈앞에 둔 야수처럼 혀를 할짝거리며 검끝을 살짝살짝 움직이는 간명의 눈빛은 잔인하기 그지없었다.

　이를 악문 동표는 마비된 오른쪽 팔 대신 왼쪽 팔로 칼을 들었지만 그것이야말로 간명이 원하는 것이었다.

　"암, 그렇게 나와야지. 이렇게 끝내서야 너무 시시하지."

　스산하게 웃은 간명이 천천히 검을 들었다. 그리곤 마치 장난이라도 치듯 슬쩍슬쩍 검을 찔러왔다. 그럴 때마다 동표는 힘겹게 그의 검을 막았다.

　익숙지 않은 팔로 몸의 요혈을 노리며 날카롭게 파고드는 공격을 막는 것도 고역이었지만 검을 타고 침투하려는 냉기를 막기 위한 그의 노력은 실로 눈물겨웠다.

　간명의 놀잇감으로 전락한 동표의 몸은 만신창이가 되어가고 있었다.

간명이 마음만 먹었다면 벌써 몇 번이나 목숨을 잃었을 테지만 간명은 결정적인 순간마다 공격을 멈추고 동표가 숨을 돌릴 기회를 주었다.

고통스러워하는 동표에게 간명이 밝힌 이유는 간단했다.

자신을 귀찮게 한 벌을 덜 받았기 때문이라는 것.

새하얗게 웃는 간명의 얼굴에서 동표는 처음으로 공포를 느꼈다.

"애들 썼다. 크하하하!"

계곡이 떠나가라 웃어젖히는 사내를 보며 상관화는 피가 나도록 주먹을 움켜쥐었다.

"적염동(赤炎洞)까지 돌아설 줄은 정말 몰랐습니다."

상관화의 외침에 웃음을 터뜨린 사내 뒤에 있던 노인이 안타까운 얼굴로 고개를 돌렸다.

"이곳은 저희가 뚫겠습니다. 일단 피하십시오."

상관화를 호위하던 이들이 급히 앞을 가로막으며 소리쳤다.

"됐어. 이곳이 마지막 활로였어. 여기까지 막힌 이상 우리에게 길은 없다고 봐야겠지. 그렇지 않습니까?"

상관화가 허탈한 표정을 짓고 있는 비묘대주에게 물었다.

"아마… 도요. 후~ 설마하니 적염동이 배신을 할 줄은 몰랐습니다."

사도진이 힘없이 고개를 끄덕였다.

"그러게요. 이럴 줄 알았으면 처음부터 끝장을 보는 건데 그랬어요. 괜히 제 목숨 살린다고 비갑대와 비영대원들의 목숨만 헛되이 버렸군요."

"그런 말씀 마십시오. 공자님이 아니라 단심련을 위한 것입니다. 그들은 결코 절대 헛되이 버린 목숨이 아닙니다."

사도진의 말에 상관화는 고개를 흔들었다.

"그런데 결국 이렇게 되고 말았군요."

"아직 포기하기엔 이릅니다. 위기가 곧 기회라고 했습니다. 반드시 방법이 있을 것입니다."

하지만 정작 그렇게 말을 하는 사도진도 딱히 좋은 방법은 없었다.

애당초 배덕자들과의 싸움에서 갑자기 해사방이 난입하는 순간, 그리고 아군으로 믿었고 든든한 지원군으로 여겼던 몇몇 수채가 배반을 하면서 이번 싸움은 끝난 것이나 다름없었다.

배덕자들의 압력 속에서도 끝까지 지지를 보내주었던 단심련의 원로, 장로 중 살아남은 사람이 아무도 없었고 여러 수채 또한 복구하기 힘들 정도로 큰 손실을 입고 모두 패퇴하고 말았다.

비갑대, 비영대원들의 눈물겨운 희생으로 지금껏 버텨왔지만 그마저도 한계에 이른 상황이었다. 적의 포위망 속에서 아직까지 살아남은 것 자체가 기적이라면 기적이었다.

"후미에서 연락은 없느냐?"

사도진이 그를 따르는 수하에게 조용히 물었다.

"없습니다."

"비영대는?"

"소식이 끊겼습니다."

"무화채(霧和寨)와 백마채(白馬寨)는?"

"원래는 지금쯤 합류를 해야 했지만 연락이 끊긴 것으로 봐서는……."

대답을 하는 비묘대원의 안색이 어두워졌다.

"으음."

어떠한 상황에서도 감정 변화가 없기로 유명한 사도진의 입에서 안타까운 탄식이 흘러나왔다.

가만히 상황을 지켜보던 상관화가 씁쓸히 웃으며 말했다.

"앞도 뒤도 막혔고 좌우도 또한 길이 끊겼으니 그야말로 사면초가(四面楚歌)군요."

"공자."

"나를 따르는 인원이 도합 삼십. 이 정도면 어느 정도 시간을 끌 수 있을 것 같으니 대주님은 대원들과 함께 피하십시오."

"예? 그, 그게 무슨 말씀이십니까?"

"대주님이나 대원들의 실력이 특출한 것은 알지만 이쪽 길은 아니지 않습니까? 개죽음일 뿐입니다.”

“있을 수 없는 일입니다.”

사도진은 단호하게 고개를 흔들었다.

“련주로서의 명입니다.”

“거절하겠습니다. 불복한 죄는 이곳을 탈출한 다음에 받도록 하지요.”

“대주님이야 그렇다 쳐도 저들은 어찌합니까?”

상관화가 이제 몇 남지도 않은 비묘대원을 가리키며 물었다.

“제가 데리고 있는 아이들입니다.”

일견 자부심까지 느껴지는 말이었다.

굳게 닫힌 사도진의 입술을 한참이나 바라보던 상관화는 피식 웃음을 터뜨리며 고개를 끄덕였다.

“그럼 같이 가도록 하지요. 저승길이 외롭지는 않겠습니다.”

그제야 얼굴을 편 사도진이 상관화에게 허리를 꺾으며 정중하게 예를 표했다.

“제 능력이 여기까지인지라 공자님을 안전하게 모시지 못했습니다. 그저 죄송스러울 따름입니다.”

“하하, 그런 말씀 마십시오. 비묘대주님이 아니었으면 이미 죽을 목숨이었습니다.”

사도진의 몸을 잡아 세운 상관화가 몸을 홱 돌렸다. 그리곤 죽음마저 초연한 수하들을 향해 힘차게 외쳤다.

"기왕지사 이렇게 된 것. 멋지게 산화해 보자."

마지막까지 상관화를 위해 싸웠던 수하들이 저마다 무기를 흔들며 이에 호응했다.

"지랄들 한다."

수하들을 이끌고 상관화의 배후를 차단하고 있던 풍월당주 악자귀(岳紫龜)가 한껏 비웃음을 흘렸다.

"영웅 흉내 그만내고 그냥 뒈져. 언제까지 처보고 있을 거야? 당장 공격해!"

악자귀가 신경질적으로 소리를 치자 수하들이 일제히 함성을 지르며 달려들기 시작했다.

"저 애송이의 목을 베는 놈에겐 큰 상을 내려주마."

악자귀의 한마디에 다들 눈이 벌게져 상관화를 노리며 짓쳐들었다.

칼을 꽉 움켜쥔 상관화는 벌떼처럼 달려드는 적을 지그시 노려보았다.

가장 앞서 달려드는 자를 향해 낙뢰도법의 매서움을 보여주려는 찰나, 나직한 파공성과 함께 외마디 비명을 지른 사내가 그대로 고꾸라졌다.

그 사내뿐만이 아니었다.

뒤따라오던 적들마저 연거푸 고꾸라지니 오히려 당황한 사람은 상관화였다.

“암습이다!”

동료들의 죽음에 놀란 이들이 사방을 둘러보며 소리쳤다.

팍!

흠칫 놀란 상관화가 고개를 치켜들었다.

바로 뒤 나무에 깊이 박힌 화살 하나가 들어왔다.

화살에 뭔가 묶여 있다는 것을 간파한 상관화가 훌쩍 도약하여 화살을 낚아챘다.

“무엇입니까?”

사도진이 약간은 상기된 표정으로 다가오며 물었다.

“나도 모릅니다.”

대답과 함께 화살에 묶인 천을 풀던 상관화는 천에 적힌 몇 마디 글귀를 확인하곤 더없이 환한 얼굴을 하였다.

“지원군이 왔습니다.”

“지원군이라면… 무화채나 백마채가 온 것입니까?”

지금 상황에서 자신들에게 도움을 줄 수 있는 자들이라면 연결이 끊긴 무화채나 백마채뿐이었다.

“아닙니다. 그들이 아닙니다.”

“하면 대체 누가 우리를 돕는 것입니까?”

“와호맹입니다.”

“와… 호맹이라면…….”

미간을 잔뜩 찌푸리려 되묻던 사도진은 이내 돌아가는 상황을 파악했는지 주먹을 꼭 움켜쥐었다.

“어쨌든 다행입니다. 와호맹의 움직임은 적들 또한 예측하지 못했을 터. 활로가 보입니다.”

“예. 동남쪽으로 이동하라 했으니 그쪽에 무슨 안배를 해 놓았을 겁니다.”

화살에 묶인 천을 통해 와호맹이 도움을 주고 있고 동남쪽에 생로가 있다는 말에 상관화는 그 즉시 수하들을 데리고 동남쪽 방향으로 달리기 시작했다.

일행이 움직이는 방향에도 포위망이 있었지만 화살의 엄호를 받으며 들이치는 공격에 포위망은 금방 뚫렸다.

뒤늦게 따라붙은 추격자들 또한 치명적인 위력을 자랑하는 화살 세례를 받고 모조리 목숨을 잃고 말았다.

첫 화살이 날아들고 상관화가 포위망을 뚫고 사라지기까지 걸린 시간은 그야말로 촌각에 불과했다.

고작 몇 번의 숨을 고르는 짧은 사이에 이십이 넘는 수하를 잃은 악자귀는 거의 넋을 잃을 지경이었다.

지금껏 적지 않은 적을 만나 싸워봤고 또 화살을 쓰는 이들과 상대를 해봤지만 지금처럼 무서운 적은 처음이었다. 제아무리 어둠으로 인해 방해를 받았다고 해도 변변한 방어도 하지 못하고 이렇듯 속수무책을 당한 적은 없었다. 솔직히 알아도 제대로 막지 못할 정도로 화살의 위력은 강력했다.

“무슨 놈의 화살이…….”

악자귀는 자신이 쳐 낸 화살을 보며 경악을 금치 못하고 있

었다. 일반적인 화살에 비해 길이는 절반밖에 되지 않는 것이
위력은 몇 배를 능가했다. 화살을 쳐 낼 때의 감촉이 손에서
느껴지는 듯했다.

"그렇다고 이대로 보낼 수야 없지."

이를 부득 간 악자귀가 당황하여 어쩔 줄을 몰라 하는 적염
동주에게 소리쳤다.

"뭘 그렇게 멀뚱히 서 있는 거야, 영감. 당장 쫓지 못해?"

"아, 알았소."

엉겹결에 대답한 적염동주가 수하들에게 추격하라는 명령
을 내리자 육십여 명에 이르는 수적이 상관화 일행을 쫓기 위
해 동남쪽을 달리기 시작했다.

"버러지 같은 놈들."

적염동주가 듣거나 말거나 욕설을 내뱉은 악자귀가 살기
가 뚝뚝 떨어지는 음성으로 소리쳤다.

"쫓아라. 한 놈이라도 놓치면 용서치 않을 것이다."

"화살로 인한 피해가 너무 크오."

"상관없어. 언젠가는 화살이 떨어지겠지. 영감 수하들이
화살받이만 제대로 해주면 말이야."

"우, 우리를 화살받이로 쓴다는 말이오?"

"그냥 닥치고 시키는 대로 해. 아니면 영감 먼저 보내 버리
는 수가 있으니까."

싸늘히 쏘아붙이는 악자귀의 기세에 눌려 적염동주는 아

무런 말도 할 수가 없었다.

'이 꼴을 보자고 배신을 했단 말인가.'

적염동주가 고개를 떨어뜨렸다.

끝까지 자존심을 지켰어야 했다는 뼈저린 후회감이 들었
지만 후회란 아무리 빨라도 늦는 법이었다.

第六十五章

독주(毒酒)

巫山小三峽

"목숨을 잃은 인원이 오십팔 명에 부상자가 팔십이 명. 이거야 원. 파양호가 우리 식구들의 피로 넘쳐나겠구만."

해사방의 소방주 채탁이 안타깝기 그지없다는 표정을 지으며 고개를 흔들었다.

'재수없는 자식.'

멀쩡한 눈가를 어루만지며 마치 눈물이라도 흘리는 듯한 그의 행동에 상관호는 부글부글 끓는 분노를 억지로 참아 넘겼다.

"본 련주도 해사방이 입은 피해에 대해선 참으로 안타깝게 생각하고 있소."

"그렇다면 다행이군요."

채탁이 혀를 날름거리며 말했다.

"한데 생각만으로 끝낼 생각은 아니겠지요?"

"그게 무슨 말이오?"

"이만한 피해를 입으며 도움을 줬으면 의당 그에 상응하는 뭔가를 내줘야 하지 않느냔 말이지요. 사람이 금수(禽獸)보다 나은 점이 무엇이겠습니까? 은혜를 입었으면 갚을 줄 안다는 것이지요."

신경을 박박 긁어대는 채탁의 말에 상관호는 입술을 지그시 깨물며 차분히 대응했다.

"그 문제는 일전에 합의가 된 것으로 아오만. 분란이 가라 앉으면 묵사도를 넘겨주는 것으로 매듭짓기로 하지 않았소?"

"아! 묵사도. 그 별 볼일 없는 섬 말이지요? 내 그 일로 원목의 목을 따버리려다 말았습니다. 그따위 섬 하나를 챙기기 위해 그 많은 피를 보게 하다니요. 아, 다시 생각해 봐도 열이 받는군요. 장로님, 원목 이 인간 어디에 있습니까?"

채탁은 원목이 눈앞에 있으면 당장에라도 찢어죽일 듯한 살기를 내뿜으며 곁에 앉아 있던 장로 혈륜마왕(血輪魔王)에게 물었다.

"어딘가에 처박혀 있지 않겠나? 제 놈도 낯짝이 있으니 감히 나설 수가 없겠지."

슬쩍 맞장구를 쳐 주는 혈륜마왕에게 눈웃음을 지어 보인 채탁이 굳은 표정의 상관호에게 고개를 돌렸다.

"그렇다고 다른 것을 내놓으라고 하기도 뭣하고… 흠."

잠시 고민에 빠진 듯한 모습을 보이던 채탁이 입꼬리를 말아올리며 말했다.

"이러면 어떨까요? 기왕지사 이렇게 된 것. 끝까지 한번 가보지요."

"끝까지 간다면……."

채탁이 정색하며 말했다.

"애당초 단심련의 그 애송이만 잡으면 끝나는 싸움이었고 또 그렇게 되어가던 중이었습니다. 그런데 생각지도 못한 불청객이 끼어들었지요."

"와호맹."

"예. 그 빌어먹을 놈들이 끼어드는 바람에 애꿎은 수하들만 목숨을 잃었습니다. 결국 련주께서 원하시는 애송이도 놓쳤고요. 그 와호맹 놈들에게 목숨을 잃은 수하의 수가 오십에 육박합니다. 전체 피해의 절반이 넘는다는 말이지요."

채탁의 음성이 고조될수록 상관호는 점점 불안해졌다.

"이 일을 아시고 대노하신 제 부친, 아니, 해사방의 방주께선 와호맹 정벌을 결정하셨습니다."

"음."

상관호의 입에서 침음이 흘러나왔다.

"하지만 워낙 먼 거리다 보니 중간 기착점도 필요하고 련주님께 이런저런 많은 도움을 받아야 할 것 같습니다. 당연히 도와주시겠지요?"

채탁이 은근한 어조로 물었다. 하지만 그 음성엔 절대로 거절하지 못하게 만드는 살기 또한 묻어 있었다.

"지, 지금 당장 뭐라 대답할 수는 없을 것 같소. 수하들과 의논도 해야 되고."

"의논이야 두고두고 하시면 될 거고. 중요한 것은 련주님이 우리를 도와줄 의향이 있느냐 하는 것이지요."

"무, 물론 도와줄 것이오."

"그럼 되었네요. 수하들이야 그저 련주님이 떡하니 한마디 하면 알아서 기어야 되는 존재니까 문제될 것이 전혀 없겠군요. 가만있자, 중간 기착점이 어디가 좋을까나."

고개를 갸웃거리던 채탁이 혈륜마왕에게 물었다.

"장로님은 어디가 좋을 것 같으십니까? 침어채 정도면 괜찮을 것 같은데요. 묵사도와 인접해 있고."

채탁이 침어채를 언급하자 딱딱하게 굳었던 상관호의 안색이 살짝 펴졌다. 묵사도까지 넘겨주기로 한 마당에 인근에 있는 침어채 정도라면 큰 무리가 없다고 판단한 것이다. 하지만 혈륜마왕은 단호하게 고개를 흔들었다.

"소방주. 상대가 해사방이 전력을 기울여야 할 정도로 강한 와호맹이라면 엄청난 인원과 물자가 동원될 것이네. 묵사도와 침어채 정도로는 어림도 없지."

"저런. 말씀을 듣고 보니 그렇군요. 제 생각이 짧았습니다."

채탁은 혈륜마왕에게 정중히 고개를 숙이곤 곤란한 표정을 지으며 상관호를 바라보았다.

"련주께 최대한 폐를 끼치지 않기 위해 침어채를 선택한 것인데 들으셨다시피 힘들 것 같군요. 하아, 안타까운 일입니다."

말은 그리해도 채탁의 얼굴엔 그런 기색이 조금도 느껴지지 않았다.

'가증스러운 놈. 입에 침이나 바르고 지껄어라.'

상관호는 구역질이 목까지 치밀어 올랐으나 일단은 참을 수밖에 없었다.

"이것 참. 어디가 좋을까나. 흐음, 장로님께서 말씀하신 대로 대규모의 병력과 인원이 이동을 할 테니까 일단 장소가 넓어야 하는데 아무래도 무화채를 사용하는 것이 좋겠군요."

"흐읍."

무화채라는 말을 들은 상관호는 숨이 탁 막히고 말았다.

무화채는 단심련의 총본산과 가장 가까이에 있는 수채고 무엇보다 파양호의 서쪽에 위치한 수채였다.

무화채가 해사방의 중간 기착점으로 이용된다는 것은 곧 파양호 또한 해사방의 영향력 아래로 들어간다는 것을 의미했다.

‘빌어먹을 새끼. 애당초 이것을 노린 것이구나.’

상관호는 능글맞게 웃고 있는 채탁을 보며 비로소 그가 해사방의 피해를 운운하고 와호맹 정벌을 들먹이는지 이해했다. 한마디로 힘이 약해질 대로 약해진 단심련을 해사방 아래에 두고 싶다는 야욕을 노골적으로 표현한 것이다.

“왜요? 싫은가요?”

채탁이 기이하게 눈동자를 빛내며 물었다. 그 눈빛에서 불길함을 감지한 상관호가 얼른 대답했다.

“아, 아니오. 그렇게 하시오.”

“하하하, 허락해 주실 줄 알았습니다. 암요. 동맹이라면 당연히 그래야지요. 아, 참고로 와호맹 정벌의 선봉을 맡아주시리라 믿어 의심치 않겠습니다.”

“…….”

상관호는 대답을 하지 못했다. 처음부터 대답 같은 것은 기대도 하지 않았다는 듯 빙그레 웃은 채탁이 자리에서 일어났다.

“그럼 이만 물러가지요.”

“그러시오.”

힘없이 대답하는 상관호의 음성엔 참기 힘든 굴욕감이 배어 있었다.

“역시 생각대로 움직이지는 않을 것 같습니다.”

상관호의 처소에서 나온 채탁이 뒤를 돌아보며 말했다.

채탁과 마찬가지로 상관호의 두 눈 깊은 곳에서 일어난 차가운 냉기를 감지한 혈륜마왕이 고개를 끄덕였다.

"제 아비와 형제들을 죽이고 권력을 탐할 정도로 지독한 놈이네. 우리의 제안이 어떤 결과를 가져올지 뻔한 상황인데 순순히 받아들일 리가 없을 터. 소방주의 말대로 뭔가 수작을 부릴 것 같군."

"그전에 우리가 손을 쓰면 되겠지요."

"소방주의 표정을 보니 뭔가 계획이 있는 것 같네만."

"계획이요? 있지요, 놈에게 아주 잘 어울릴 만한 계획이. 원목의 활약을 기대해 보지요."

천천히 상관호의 처소를 돌아보는 채탁.

키득거리며 웃는 그의 표정은 과거 복우산에서 상관화를 핍박하며 온몸을 변태적으로 비틀어대던 그때 모습 그대로였다.

"나는 정말 이렇게까지 하고 싶은 생각은 없었다오."

상관홍이 술잔을 쥔 손을 부르르 떨며 말했다. 눈에선 금방이라도 눈물이 떨어질 듯 습기가 차올랐다.

"인두겁을 쓰고 어찌 천륜을 어길 수 있단 말이오? 그렇지만 형님의 강압으로 어쩔 수가 없었소. 난 정말……."

복받치는 감정을 이기지 못한 상관홍은 결국 눈물을 떨구며 흐느끼기 시작했다.

‘지랄한다.’

원목은 한껏 조롱 섞인 눈빛으로 상관홍을 바라보다 얼른 표정을 고치며 말했다.

“후~ 알지요. 제가 어찌 모르겠습니까? 형님의 강압에 어쩔 수 없이 따르면서도 못내 괴로워하시던 모습을 똑똑히 보았는걸요.”

“그리 말해주시니 고맙소이다.”

상관홍이 감격에 찬 얼굴로 말했다.

“그렇다고 언제까지 그리 지내실 생각입니까?”

“예? 무슨 말인지…….”

“솔직히 터놓고 말씀드리자면 두 분과 우리 해사방은 서로를 이용하고 있습니다.”

“그렇긴 하지요.”

“한데 두 분을 도운 덕에 우리가 다소 난처한 상황입니다. 아무리 수적질로 먹고 산다고 해도 인간으로서 넘지 말아야 할 선이 있는 법. 형님이 저지른 패륜에 대한 시선이 곱지 못합니다.”

“음.”

상관홍의 입에서 침음이 흘러나왔다.

“심지어는 동맹이고 뭐고 이참에 단심련을 정리하자는 과격한 얘기까지 나오고 있는 상황이지요.”

원목은 상관홍의 얼굴이 하얗게 질리는 것을 보면서 느긋하게 말을 이었다.

"그러나 그 또한 쉽지 않은 일입니다. 동맹은 어디까지나 동맹이니까요."

"그, 그렇지요."

"그래도 형님의 입지가 불안한 것은 사실입니다. 자칫하면 동맹이 깨지는 것은 물론이고……."

원목은 말을 아꼈지만 상관홍은 그가 무슨 말을 하고 싶어 하는지 모르지 않았다.

"하니 우리가 어찌해야 하면 좋겠소?"

"우리가 아닙니다."

"예? 그게 무슨……."

"본 방에선 단심련이 보다 당당한 동맹자가 되기를 원합니다. 장차 와호맹의 원정길에 큰 힘이 되어줄 수 있는. 하지만 형님은 아닙니다. 그는 대내외에서 신망을 너무 잃었습니다."

"……."

"본 방에선 그 대안으로 부련주님을 생각하고 있습니다."

"나, 나를 말이오?"

"예."

"내가 구슨 힘이 있다고. 말이 좋아 부련주지 실권은 하나도 없소이다."

상관홍이 쓴 웃음을 지었다.

"힘이야 우리가 실어드리면 될 것이고 부련주님은 그저 결심만 하시면 됩니다."

"하지만……."

상관홍이 쉽게 결정을 하지 못하고 머뭇거리자 온화하기만 했던 원목의 얼굴에 냉기가 어렸다.

"부련주님께서 결정을 하지 못하시면 할 수 없지요. 다른 분을 찾든가 아니면 동맹을 파기하는 수밖에요. 형님이 련주로 있는 한 동맹은 더 이상 이어질 수 없습니다."

상관홍은 동맹의 파기가 문제가 아니라 다른 사람을 대안으로 찾겠다는 말에 심각한 동요를 보였다.

애써 감추고 눌러놓아도 그 또한 권력에 대한 욕심은 형인 상관호 못지않았다. 그저 욕심만큼 능력이 받쳐 주지 못해 드러내지 못했을 뿐이었다.

'이건 기회다. 다시는 오지 않을 기회야.'

상관홍을 지그시 바라보던 원목의 입가에 회심의 미소가 지어졌다. 두려움과 망설임으로 거칠게 흔들리던 상관홍의 눈동자가 어느새 안정을 되찾고 욕망으로 불타오르는 것을 보았기 때문이었다.

'역시 내 눈이 틀리지 않았군. 그놈이 그놈이야.'

"내가 어찌하면 되겠소?"

"결심이 서신 겁니까?"

"그렇소. 단심련을 위해, 지하에서 피눈물을 흘리고 계실

아버님께 속죄하기 위해서라면 이 한 몸 희생하는 수밖에
요.”
　원목은 가증스럽기 그지없는 상관홍의 말에 온몸에 두드
러기가 나는 듯 몸을 살짝 떨었다. 그마저도 상관홍의 눈에는
자신의 결심에 대한 감동으로 인식되었지만.
　“올바른 결심을 하신 겁니다. 부련주님의 결단으로 해사방
과 단심련에 드리운 어둔 그림자를 걷어낼 수 있게 되었습니
다.”
　“그런 말은 내가 련주가 된 다음에 하는 것이 좋을 것 같
소.”
　“걱정 마십시오. 곧 그리될 것입니다. 대신 그때까지는 은
인자중하시며 형님의 눈에 드러나는 행동은 삼가주십시오.”
　“알았소이다.”
　“자, 그럼 해사방과 단심련의 굳건한 동맹을 위해서 한잔
하시지요.”
　원목이 부드러운 미소를 지으며 붉게 상기된 상관홍에게
술을 권했다.
　상관홍은 거절하지 않고 거푸 몇 잔의 술을 들이켰다.
　그것이 미주인지 아니면 그를 죽일 독주인지도 제대로 파
악하지 못한 채.

*　　　*　　　*

파스스스스슷.

거대한 검기의 파도가 주변을 휘감으며 자신을 노렸지만 유대웅은 눈 하나 깜짝하지 않았다. 오히려 비스듬히 누웠던 초천검을 곧추세우며 똑같은 초식을 사용하여 역공을 펼쳤다.

패왕칠검의 다섯 번째 초식 검파만첩.

같은 초식이었건만 항평의 검에서 발출되는 검기와 초천검에서 뿜어져 나오는 검기가 어딘가 달랐다.

단순히 내력의 차이는 분명 아니었다.

항평이 발출한 검기를 모조리 밀어내고 주변을 완벽하게 장악한 유대웅이 우렁찬 목소리로 소리쳤다.

"검파만첩은 말 그대로 검기의 물결이 온 천하를 뒤덮는다는 것이다. 한데 진기의 흐름이 부드럽지 못하고 끊임없이 중첩되어야 할 검기가 순간순간 끊어지고 있다. 이건 검파만첩이 아니야."

"죄, 죄송합니다."

힘없이 고개를 떨구는 항평의 입에서 거친 숨소리가 흘러나왔다.

덩치만큼이나 숨소리 또한 요란한 것이 마치 넘치는 힘을 주체하지 못하고 미쳐 날뛰는 들소와 같았다. 반면에 그와 마주한 유대웅은 한 점 흐트러짐이 없었다.

“아직 더할 힘이 있을지 모르겠군요.”

조금 떨어진 곳에서 둘의 비무를 신중히 살피고 있던 호천 단주 이석이 조그맣게 중얼거리자 곁에 있던 부단주 한석이 고개를 설레설레 흔들었다.

“어림없을 겁니다. 항평 저 친구의 끈기는 인정하지만 벌써 한 시진째입니다. 체력이 남아 있을 리가 없지요.”

“같은 생각입니다. 그나저나 엄청나게 늘었습니다. 예전에도 대단한 실력이긴 했지만 지금은 그야말로 괴물이 되어버렸으니.”

“그런 괴물을 가볍게 농락하는 맹주님이 더 괴물 같습니다.”

한석은 비무를 끝내자는 소리를 듣자마자 그대로 뻗어버린 항평과는 달리 바위에 걸터앉아 가볍게 땀을 훔치는 유대웅의 모습에 질렸다는 표정을 지었다.

“그거야 이미 공인된 사실이지요.”

애당초 유대웅은 논외였다.

“덩치도 그렇고 사용하는 무공도 그렇고 누가 보면 두 분이 마치 형제…….”

말을 하던 한석의 고개가 홱 돌아갔다.

칼날 같은 눈빛이 방금 전과는 전혀 딴판이었다.

한석은 죽림으로 접근하는 인영이 수하임을 확인한 다음에야 비로소 긴장된 표정을 풀었다.

"무슨 일이냐?"

한석이 죽림에 펼쳐진 기진으로 인해 움직임을 멈춘 수하를 향해 물었다.

"군사께서 맹주님을 모셔오라 하셨습니다."

한석은 유대웅이 죽림에서 연무를 하는 동안엔 어지간한 일로는 연락이 오지 않는다는 것을 상기하며 고개를 갸웃거렸다.

"군사께서? 무슨 일이라도 있는 것이냐?"

"단심련으로 떠났던 백호대가 돌아왔습니다."

"알았다."

급박한 상황임을 확인한 한석이 유대웅을 향해 걸음을 움직였다. 빠른 걸음이었지만 어딘지 모르게 상당히 조심스러웠다.

"맹주님."

유대웅의 고개가 한석을 향해 움직였다.

"군사께서 연락을 보내오셨습니다. 상관 공자를 구하러 떠났던 백호대가 돌아왔다고 합니다."

"백호대가? 그 녀석은?"

"내용은 확인하지 못했습니다."

"알았다."

고개를 끄덕인 유대웅이 이제야 겨우 호흡을 가다듬고 있는 항평에게 말했다.

"아직 만족스러울 만큼은 아니지만 그래도 많이 늘었다. 오늘 비무를 차분히 복기하면서 수련에 임해봐. 그럼 뭔가 얻는 것이 있을 테니까."

"알겠습니다."

항평은 스승을 대하는 예로써 유대웅을 향해 정중히 인사를 했다.

마음이 급했던 유대웅은 항평의 인사를 받을 겨를도 없이 이미 몸을 돌리고 있었다.

"맹주님."

막 태호청(太虎廳)의 문을 열려던 유대웅은 갑작스레 들려온 장청의 음성에 멈칫했다.

"거기서 뭐하는 거야?"

태호청 기둥 뒤에서 모습을 드러내는 장청을 보며 고개를 갸웃거렸다.

"잠시 드릴 말씀이 있습니다."

"할 말이 있으면 안에서 하면 되잖아."

"그게⋯⋯."

잠시 머뭇거리던 장청이 태호청을 힐끗 바라보며 나지막한 음성으로 말했다.

"도움을 주되 절대로 단심련을 수복시켜 준다는 약속을 하시면 안 됩니다."

"무슨 소리 하는 거야?"

"단심련은 이미 저쪽으로 넘어갔고 그들을 치려면 해사방 까지 상대를 해야 합니다. 이는 상당한 부담입니다."

"그렇다고 모른 체하라는 말이야?"

"그건 아닙니다. 그저 원래의 단심련으로 되돌리겠다는 말 씀만 하지 않으시면 됩니다."

장청의 말에 유대웅은 강한 거부감을 느꼈다.

"아무리 그래도 그건 아닌 것 같다. 물에 빠진 사람을 구하 기 전에 보따리부터 내놓으라고 하는 것 같은 느낌이야."

"하지만 와호맹은 그 보따리를 빼앗기 위해 움직일 예정이 었습니다. 당장은 아닐지라도."

"음."

유대웅의 입에서 나직한 침음이 흘러나오고 장청도 더 이 상 아무런 말도 하지 않았다.

"일단 만나보고 생각해 보자고."

장청의 어깨를 가볍게 두드린 유대웅이 태호청 안으로 들 어섰다.

유대웅이 도착하자 그가 오기를 기다리며 담소를 나누고 있던 상관화와 사도진, 그리고 위기에 빠진 그들을 무사히 구 출해 온 조건이 벌떡 일어나며 예를 표했다.

"무사했군."

유대웅이 지친 기색이 역력한 상관화를 힘껏 안으며 말했다.

"예. 형님 덕분입니다."

절체절명의 위기에서 백호대와 유성대가 아니었으면 전멸을 면치 못했을 터. 상관화는 자신을 돕기 위해 수하들을 보내준 유대웅에게 진심으로 고마워했다.

"단심련의 상황을 제대로 파악하지 못하는 바람에 조치가 늦었다. 행여 너무 늦는 것은 아닌지 걱정을 많이 했어."

"아닙니다. 저들이 도착하지 않았으면 지금껏 살아 있지도 못했을 것입니다. 한데 괜히 저 때문에 분란이 생기는 것은 아닌지 모르겠습니다."

"그 정도는 감수해야지. 한데 이쪽 분은?"

유대웅이 상관화 곁에서 날카로운 눈으로 자신을 살피는 사도진을 바라보며 물었다.

"사도진이라고 합니다."

사도진이 정중히 머리를 숙였다.

"본 련의 모든 정보를 총괄하시는 비묘대주십니다. 제 목숨이 이리 붙어 있는 것 또한 대주님의 활약 덕분이지요."

상관화가 몇 마디를 덧붙이자 장청이 얼른 나섰다.

"단심련 비묘대의 명성은 많이 들었는데 이렇게 뵙게 되어 영광입니다."

"무슨 말씀을. 저야말로 와호맹의 군사를 뵙게 되어 영광이지요."

장청과 사도진이 서로에 대해 칭찬을 늘어놓는 모습을 지켜보던 유대웅이 상관화에게 술잔을 권하며 말했다.

"소식은 간간히 듣고 있었다. 아버님도 그렇고 할아버님 일도 그렇고 참으로 유감이다."

"예."

상관화가 씁쓸히 웃었다.

지난날, 그가 비묘대주를 따라 파양호 안가에 숨어 있던 조부를 만나던 시간, 부친을 비롯하여 황하련에 사절단으로 갔던 이들 모두가 배덕자들의 갑작스런 기습 공격에 모조리 목숨을 잃고 말았다. 게다가 가장 든든한 버팀목이라 할 수 있었던 조부마저 며칠 뒤 부상을 이기지 못하고 세상을 뜨니 상관화는 세상천지 어느 곳에도 기댈 곳이 없었다. 그나마 비묘대주와 비영대주 덕에 지금까지 버틸 수가 있었던 것이다. 물론 그마저도 끝장나 버렸지만.

"네가 이리된 것을 보니 단심련은 결국 저들의 손에 완전히 넘어가 버린 모양이다."

"예. 아직도 몇몇 수채가 버티고는 있지만 얼마 버티지 못할 겁니다."

"해사방이 단심련의 일에 개입할 줄은 생각도 못했다. 아니, 어쩌면 예견된 건가? 지난번 복우산의 일도 그렇고."

"예. 알고 보니 단심련의 영역을 넘겨주는 조건으로 끌어들였더군요. 있을 수 없는 일이었습니다."

"하지만 벌어진 일이지. 그러니까 이토록 속수무책으로 당한 것이고.”

어쩌면 냉정하게 들릴 수도 있는 유대웅의 말에 상관화는 뭐라 대꾸를 하지 못했다. 부정하려 해도 사실이 그랬다.

“내가 어떻게 도와줄까?”

유대웅이 착 가라앉은 음성으로 물었다.

순간, 장청의 어깨가 움찔하고 상관화는 그 모습을 놓치지 않았다.

‘역시.’

상관화의 뇌리에 와호맹에 도착하기 전 사도진과 나눈 대화가 떠올랐다.

“와호맹주에게 도움을 청할 생각이십니까?”

“예.”

“공자께서 원하신다면 와호맹주의 성격상 어떤 대가를 바라지는 않을 것이나 수하들은 그렇지 않을 겁니다. 특히 냉철하기로 유명한 와호맹 군사의 반대가 만만치 않으리라 봅니다.”

“그래도 와호맹의 도움을 받을 수 있다면 단심련을 바로 세울 수가 있지 않을까요?”

“맹주님께서 돌아가시고 부친마저 유명을 달리하신 지금, 더구나 두 분을 따르던 수많은 분이 모조리 목숨을 잃은 상황에서 단순히 배덕자들을 몰아낸다고 단심련이 예전의 모습으로 되돌아갈 수는 없습니다. 오히려 해사방의 공세에 전전긍긍하게 되겠지요. 무엇보다 그렇게 살아남는다고 한들 과연 와호맹이 우리를 가만히 놔둘까 의심스럽기도 합니다. 와호맹의 궁극적인 목표가 장강통일이라는 것을 알 만한 사람은 다 알고 있습니다. 단심련이라고 예외가 될 수는 없지요. 최소한 흡수는 되지 않는다고 해도 과거의 영역은 모조리 잠식당할 수밖에 없습니다.”

“그렇다면……."

“예. 결국 과거의 영광은 온데간데없고 그저 명맥만 유지하게 될 겁니다.”

“하면 비묘대주님의 생각은 무엇입니까?”

“과거의 단심련으로 돌아갈 수 없다면 차라리 와호맹에 투신하는 것은 어떠십니까?”

“와호맹에 투신을요?”

“예. 장담하건대 와호맹은 장강에만 머무르지는 않을 겁니다. 언젠가는 무림을 향해 비상의 날개를 펼치려 들 겁니다. 와호맹과 더불어 공자님 또한 비상의 날개를……."

생각은 더 이상 이어지지 않았다.

유대웅이 다시금 질문을 던졌기 때문이었다.

“네가 원한다면 단심련을 되찾는 데 힘을 보탤 수도 있다.”

상관화의 시선이 유대웅에게 향했다.

유대웅의 흔들림없는 눈동자에서 그 어떤 의미도 담기지 않은, 그저 순수한 의미로 도움을 주려 한다는 것을 읽은 상관화의 입가에 미소가 흘렀다.

상관화와 사도진의 시선이 허공에서 얽혔다.

사도진이 살짝 고개를 끄덕였다.

단심련 부활에 대한 미련을 버리지 못하고 있던 상관화가 비로소 모든 것을 내려놓았다는 것을 느낀 것이다.

"도움은 필요 없습니다. 대신 한 가지 청이 있습니다."

"청? 그게 뭔데?"

"와호맹에서 저희를 받아주십시오."

"뭐?"

유대웅이 깜짝 놀란 얼굴로 반문했다.

그렇게 당부를 했음에도 전혀 엉뚱한 방향으로 이야기가 흐른다고 걱정하던 장청은 자신도 모르게 주먹을 불끈 쥐었다.

그런 장청의 반응에 사도진 또한 웃음을 참지 못하고 있었다.

"인원도 얼마 남지 않았고 또 실력도 변변한 것은 아니지만 그래도 다들 제몫은 할 수 있습니다. 받아주십시오."

"그거야 어렵진 않지만……."

갑작스런 제안에 당황한 유대웅은 말을 더듬고 있었다.

"하하하, 너무 어렵게 생각하지 마십시오. 사실 따지고 보면 이게 다 형님과 와호맹을 이용하기 위함이니까요.”

“그건 또 무슨 소리야?”

“제가 힘이 없어 복수를 하려고 해도 하지 못하는 처지 아닙니까? 그런 제가 이곳에 투신함으로써 놈들과는 필연적으로 엮이게 될 겁니다. 한마디로 와호맹의 힘을 빌려 복수를 할 생각이란 말이지요.”

“복수라면 굳이 와호맹에 투신을 하지 않는다고 해도 도와줄 수 있다.”

유대웅이 정색을 하자 상관호도 웃음기를 거두고 진지하게 말했다.

“할아버지께서 배덕자들의 손에 쓰러지신 순간 사실상 단심련은 끝났습니다. 게다가 아버지는 물론이고 놈들에게 대항했던 수채들마저 모조리 무너지고 말았지요.”

“그래도 정통성을 가지고 있는 네가 중심이 되어…….”

“과거의 단심련으로 돌아갈 수 없는 이상 배덕자들 손에 단심련이라는 이름이 더럽혀지는 것을 막을 수만 있다면 저는 그것으로 족합니다.”

유대웅이 가만히 상관화를 바라보았다. 한참을 바라보던 유대웅이 한숨을 내쉬며 말했다.

“그것이 정말 네가 원하는 거냐?”

“예.”

“알았다. 원하는 대로 너와 너를 따르는 모두를 우리 식솔로 받아들이겠다.”

“감사합니다.”

“달리 원하는 게 또 있으며 말해봐.”

“비록 실력은 없지만 장차 배덕자들을 응징하는 데 있어 제가 선봉을 섰으면 합니다.”

“네 실력은 황하련에서 이미 충분히 입증되었다. 약속하지. 우리가 응징의 칼을 뽑을 때 가장 먼저 뽑는 이는 바로 네가 될 것이다.”

“그것이면 충분합니다.”

말과 함께 상관화가 벌떡 일어났다.

“저희를 받아주셔서 감사합니다.”

상관화와 사도진이 무릎을 꿇자 유대웅이 웃음을 지우지 못하고 있는 장청에게 고개를 돌렸다.

“이제 됐냐?”

“예?”

“네가 원하던 거잖아.”

“그럴 리가요. 저는 두 분이 이야기를 나누는 동안 한마디도 하지 않았습니다.”

“에라이!”

표정 하나 변하지 않고 대꾸하는 장청의 모습에 유대웅은 주먹을 불끈 움켜쥐었다.

第六十六章
인면수심(人面獸心)

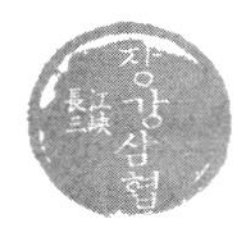

“요즘 정무맹의 분위기가 영 아니라는 말을 들었네.”

술잔을 건네며 묻는 친우를 보며 악철영(岳鐵英)은 쓴웃음을 지었다.

“아무래도 그렇지. 끝장난 줄 알았던 사사천교 놈들이 그런 힘을 키우고 있을 줄이야 아무도 예상하지 못했으니까. 생각보다 저력이 상당해.”

“자네의 입에서 그런 말이 나올 줄은 몰랐네.”

산동의 패자라는 위치를 무려 이백 년 가까이 지켜내고 있는 명문 중의 명문 산동악가.

현 악가의 가주 악철영은 서른두 살이라는 어린 나이에 요절한 부친을 대신해 가주 위를 물려받은 뒤 역대 그 어떤 가주보다 뛰어난 능력을 발휘하여 산동의 별이라 추앙받았다. 그런 악철영의 입에서 사사천교를 인정하는 듯한 말이 나오자 중년인이 놀랍다는 표정을 지었다.

"인정할 수밖에. 사실상 정무맹과 전면전을 펼치면서도 저리 버틸 수 있을 줄은 상상도 하지 못했네. 자네에게 하는 말이지만 곳곳에서 벌어진 전투로 인해 피해가 상당해."

"걱정이군. 자네가 그리 말할 정도면 앞으로 얼마나 많은 피가 흐를지 모르겠어. 자칫하면 이곳까지 불똥이 떨어지는 것은 아닌지 몰라."

"그건 오히려 반길 일이지."

"무슨 소린가?"

"사람들은 모르지만 나는 알지. 하후세가야말로 산동의 숨은 잠룡이라는 것을."

악철영이 슬쩍 시선을 돌리며 술잔을 들이키는 하후세가의 가주 하후정(夏候頂)을 가만히 응시했다.

"이제 그만 정무맹에 힘을 보태는 것은 어떤가?"

"또 그 소리군. 내 누누이 말했지만 우린 이대로가 좋네. 어느 곳에도 속하지 않고 그저 조용히 지내고 싶어."

"하지만 세상이 하후세가를 부르고 있네. 지금이야말로 비상의 날개를 펼쳐야 할 때야."

"훗, 자넨 정말 본 가를 너무 치켜세우는군. 증조부께서 이곳에서 터를 잡으시고 겨우 오십여 년이 흘렀을 뿐일세. 악가와는 달리 우린 아직 뿌리가 깊지 못해. 한순간 바람에 훅 날아갈 수가 있다네."

"난 더 깊고 단단히 박힐 수 있다는 생각이네만."

"칭찬으로 받아들이지. 하지만 아직은 아니야."

"다시 말하지만 세상이 용납하지 않을 것이네. 장군가라는 미지의 적이 등장했고 조만간 무림에 광풍이 불어 닥칠 것이야. 자네와 하후세가 또한 피할 수 없을 것이고."

하후정의 눈에서 순간적으로 기광이 나타났다가 사라졌다.

"사사천교가 장군가 아니었나?"

"그렇게 알려지긴 했지만 정무맹도 그렇고 본가도 그렇고 그건 아니라고 판단하고 있네. 물론 일정 부분 관계는 있겠지만."

"음……."

"다른 사람도 아니고 화산검선께서 경고를 한 자들일세. 게다가 사실상 전 무림이 쫓고 있음에도 정체가 드러나지 않는다는 건 참으로 소름이 끼치는 일이 아닌가. 지금껏 이토록 은밀히 힘을 키운 세력이 있나 싶네."

"어쩌면 실체가 없는 것일 수도 있는 것 아닌가? 화산검선이 착각을 했다거나……."

"아니. 그건 아니네. 제대로 정체를 파악하지 못했다는 것이지 아예 흔적을 잡지 못한 것은 아니야. 장군가의 존재에 대해선 틀림없이 확인을 했네. 이번 사사천교의 행보에서도 의심할 만한 점들을 확인했고. 분명 뭔가 있어."

악철영의 표정이 더없이 심각해졌다.

"문제는 그들의 힘이 과연 어느 정도나 될지 전혀 예측할 수 없다는 것일세. 사사천교만 해도 정무맹이나 되니까 감당을 하는 것이지 한두 문파로 상대할 수 없는 힘을 지니고 있네. 만약 사사천교가 장군가의 일부에 불과하다면……."

악철영은 생각하기도 싫은지 몸부림을 쳤다.

"그러니 자네도 너무 몸만 사리고 있지는 말게. 하후세가에도 어느 순간 위험이 닥칠 수도 있어."

"장군가 말인가?"

"장군가가 될 수도 있고 사사천교가 될 수도 있겠지."

하후정이 가만히 술잔을 비웠다.

"어쨌든 전쟁은 이미 시작되었네. 지금은 사사천교가 상대지만 곧 장군가의 실체가 드러나면 그들과 일전을 펼치겠지."

"무림에 광풍이 불겠군."

"혈풍이지. 느낌이 너무 좋지 않아. 요즘 들어 부쩍 불길한 생각이 든다네."

"불길한 생각?"

"생각이라기보다는 꿈에서 자꾸 아버님을 뵈네. 자네도 알

지 않은가? 어릴 적에 아버님이 돌아가신 뒤 꿈에서 그분을
뵈면 내게든 본 가에든 꼭 좋지 않은 일이 생기고 한다는 것
을.”

“알지. 내가 태산에서 자네를 만나게 되었을 때가 바로 그
랬으니까.”

“아니지. 그날은 꿈에 아버님을 뵙고 유일하게 행운이 찾
아온 날이라네. 목숨이 위험하기는 했지만 그 덕에 자네를 만
날 수 있었으니 말일세.”

과거 악철영은 평소 안면이 있던 친우를 만나러 태산에 왔
다가 갑자기 찾아온 깨달음 때문에 욕심을 부리다가 주화입
마에 빠질 뻔한 적이 있었다. 때마침 주변을 지나던 하후정
덕분에 그 위기를 넘길 수 있었고 이후 그들은 피보다 더 진
한 우정을 나누었다.

“행… 운인가?”

하후정이 착 가라앉은 음성으로 물었다.

그의 입가에 씁쓸함이 묻어나는 것을 미처 확인하지 못한
악철영이 갑자기 술잔을 치켜올렸다.

“아무렴. 다시 생각해도 기분 좋은 기억이군. 자, 당시의
인연을 위해 건배나 하세.”

하후정이 술잔을 들고 둘의 잔이 허공에서 부딪쳤다.

바로 그 순간, 악철영은 갑작스레 밀려드는 살기에 흠칫 놀
라 몸을 뺐다.

하후정의 수도(手刀)가 그의 심장을 찔러왔다.

탁자를 발로 차며 그 탄력을 이용해 공격에서 벗어난 악철
영이 자세를 바로 하기도 전에 하후정의 공격이 이어졌다.

곧바로 반격을 하는 악철영.

그런데 뭔가가 이상했다.

단전에서 시작한 진기가 채 모이기도 전에 산산이 흩어져
버리는 것이 아닌가.

펅!

둔탁한 격타음과 함께 악철영의 신형이 힘없이 날아가 벽
에 부딪쳤다.

"크헉!"

악철영의 입에서 검붉은 피가 뿜어져 나왔다.

핏덩이 사이사이에 내장 조각이 보이는 것을 보아 단 한 번
의 공격으로 돌이킬 수 없는 치명상을 입은 듯했다.

"어, 어째서……."

악철영은 자신이 치명적인 부상을 당했다는 것보다는 부
상을 입힌 사람이 하후정이라는 것을 믿지 못하는 듯했다.

"나를 용서하지 말게나."

천천히 무너져 내리는 악철영을 보는 하후정의 표정도 과
히 좋지 않았다.

"이… 유를, 이유를 물어도 되겠나?"

한쪽 벽에 등을 기댄 악철영이 조금은 차분해진 음성으로

물었다. 그것이야말로 죽음이 얼마 남지 않았다는 것을 반증
하는 것.

하후정은 장탄식과 함께 입을 열었다.

"이러고 싶은 생각은 전혀 없었네. 자넨 정말 소중한 친구
였으니까."

"그런데… 어째서?"

"내겐 사랑스런 조카가 있네. 조카를 돕기 위해 어쩔 수 없
는 선택이었네."

악철영은 하후정이 무슨 말을 하는지 이해를 할 수가 없었
다.

조카와 자신이 대체 무슨 상관이란 말인가!

"조카가 바로 장군가의 후계자 중 한 명이네."

"그, 무슨… 쿨럭!"

깜짝 놀란 악철영은 한참 동안이나 거친 기침을 내뱉고 나
서야 겨우 고개를 들었다.

"장군가라. 크크크, 우습게 되었군. 아무튼 본 가를 우습게
보지 말게. 그리 쉽게 쓰러지지 않아."

"알고 있네. 그저 최선을 다할 뿐일세."

하후정은 죽어가는 친우를 보면서 하후세가의 모든 힘이
악가를 공격할 준비를 끝냈음을, 은밀히 산공독을 살포하고
있음에 대해선 침묵을 지켰다. 그것이 그에 대한 마지막 배려
라 생각한 것이다.

‘잘 가게. 그리고 미안하네.’

악철영의 눈에서 생기가 사라지는 순간, 하후정의 몸에서 잔 떨림이 일었다.

그것도 잠시 하후정의 입에서 착 가라앉은 음성이 흘러나왔다.

“거기 있느냐?”

문 밖에서 대답이 들려왔다.

“예. 소가주님.”

“어찌 되었느냐?”

“명만 기다리고 있습니다.”

“사사천교는?”

“예상대로라면 반 시진 이내에 이곳에 도착할 듯싶습니다.”

“반 시진이라면 시간이 많지는 않군. 즉시 공격 명령을 내려라.”

“존명!”

인기척이 사라지고 잠시 후, 산동악가의 중심부에서 하늘 높이 폭죽 하나가 솟아올랐다. 그리고 살기로 번들거리는 하후세가의 무인들이 사방에서 악가의 담을 넘었다.

“가주는, 가주는 지금 어디에 있느냐?”

악철영의 숙부이자 산동악가의 대장로 악삼(岳森)은 노도처럼 밀려드는 적을 힘겹게 쓰러뜨리며 물었다.

"처소로 아이들을 보내곤 있지만 아무도 돌아오지 않았습니다. 아무래도……."

"시끄럽다. 가주는 그렇게 쉽게 쓰러지지 않는다. 반드시 무사할 것이야."

그러나 자신의 말이 얼마나 공허한 것인지를 악삼 스스로도 느끼고 있었다.

그때 턱밑까지 내려온 새하얀 수염을 붉은 피로 물들인 노인이 힘겹게 달려왔다.

"형님!"

"살아 있었구나. 무사해서 다행이다."

악삼은 생사가 불명했던 막내 동생의 생환에 안도의 한숨을 내쉬었다.

"겨우 살았습니다. 한데 대체 어떤 놈들입니까? 어떤 놈들이기에 감히 본가를 노린다는 말입니까?"

난데없는 기습공격을 힘겹게 물리친 악건(岳建)이 피가 뚝뚝 떨어지는 장창을 땅에 내려꽂으며 물었다.

"아직 제대로 확인은 하지 못했지만 짐작이 가는 곳이 있다."

"어딥니까?"

"하후세가."

"하후… 세가요?"

악건이 멍한 눈으로 물었다.

악가의 가주와 하후세가 소가주의 우정은 문경지교(刎頸之 交:죽음도 함께 할 수 있는 막역한 사이를 이르는 말)라 칭할 정도 로 돈독했고 그 영향 때문인지 다른 이들 또한 서로에게 예를 다하며 우의를 다져 왔다. 근래에 들어선 혼담까지 오고가는 중이었다. 그런 하후세가가 어째서 공격을 한단 말인지 악건 은 이해를 하지 못했다.

"나도 믿기지 않는다. 하지만 놈들이 사용하는 무공은 틀 림없는 하후세가의 무공이었어."

"그들이 왜 이런 짓을……."

대답은 엉뚱한 곳에서 들려왔다.

"노부도 유감스럽게 생각하오."

악삼과 악건의 고개가 홱 돌아갔다.

그들의 눈앞에 한 노인, 하후세가의 가주 하후진이 서 있었 다.

'대체 언제!'

악삼은 기척도 없이 자신들의 배후에 나타난 하후진의 모 습에 등골이 서늘했다.

"이 늙은이의 생각이 틀림없었군. 역시 하후세가였어."

악삼이 이를 부득 갈며 말했다.

"어째서 이런 짓을 한 것이냐?"

악건이 소리쳤다.

"후~ 안타까운 일이오. 시간만 허락이 되었다면 굳이 이런 방법을 쓰지는 않았을 것을. 상황이 워낙 촉박하게 돌아가는 터라 어쩔 수 없었소."

"산동의 패자라는 자리가 그리 탐이 났더냐?"

악삼이 싸늘히 외쳤다.

"쯧쯧, 뭔가 오해를 한 모양이군. 산동의 패자? 고작 그따위 명성을 얻자고 악가를 공격했겠소?"

"하면 무엇이냐?"

악건의 외침에 하후진 뒤에 서 있던 청년이 슬쩍 앞으로 나섰다.

한교였다.

차갑게 웃은 한교가 광오한 표정으로 말했다.

"내가 원하는 것은 천하요."

*   *   *

"……하후세가의 기습공격으로 결정타를 맞은 악가는 그들이 물러나기가 무섭게 곧바로 이어진 사사천교의 공격에 변변한 저항도 하지 못하고 몰살을 당했습니다. 남녀노소를 불문하고 생존자는 전무하며 수많은 전각이 모조리 불탄 것으로 파악했습니다."

취운각주 모진의 보고를 비스듬히 누운 자세로 듣고 있던 한호가 천천히 상체를 일으켰다.

"하후세가에서 작심하고 일을 벌였군. 난리가 났겠어."

한호의 말대로였다.

전통의 강호, 오대세가 중 하나이자 산동의 패자로 군림하던 산동악가의 몰락은 무림에 큰 충격을 안겨줬다.

특히 각 문파의 알력으로 근래 들어 사사천교와의 싸움이 다소 지지부진했던 정무맹의 충격이 컸는데 악가의 참극이 다름 아닌 사사천교가 저지른 일로 밝혀졌기 때문이었다.

정무맹은 그 즉시 복수를 천명하고 정무맹에 속한 각 문파에 동원령을 내렸다.

"사사천교에서도 각오를……."

모진이 말을 끝내기도 전 문이 벌컥 열리며 소숙이 들어섰다.

"소식 들으셨습니까?"

"대충 이야기는 들었습니다."

대충이라고 했지만 소숙이 모든 것을 파악하고 있으리라 짐작한 한호가 손짓으로 모진을 물렸다.

"하후세가에서 생각보다 빨리 시작했습니다."

"가주의 성격이 급하기는 하지요."

"그래도 조금 시간이 걸릴 줄 알았습니다. 명색이 산동악가 아닙니까? 그리 쉽게 무너질 줄은 몰랐습니다."

한호가 다소 실망했다는 표정을 짓자 소숙이 고개를 흔들었다.

“산동악가는 결코 약한 곳이 아닙니다.”

“하지만 결과가 그리 나오지 않았습니까?”

“세가의 중심이라 할 수 있는 가주가 제일 먼저 쓰러지지 않았으면 상황은 달라질 수 있었습니다. 구심점이 없는 악가는 하후세가의 상대가 될 수 없습니다.”

“산동악가 가주의 무공이 제법 뛰어나다고 들었는데 그것도 아닌 모양입니다.”

“뛰어납니다. 역대 가주 중 손꼽힐 정도로 뛰어나지요.”

“한데 어째서?”

“가장 친한 친구가 그렇게 배신을 할 줄은 몰랐던 거지요.”

“친구요?”

한호가 깜짝 놀란 얼굴로 물었다.

“모르셨습니까?”

“그냥 처남에게 당했다고만 들었습니다.”

“저 멍청한 놈이 제대로 보고를 하지 않았군요. 산동악가의 가주 악철영과 소가주 하후정의 우정은 꽤나 유명합니다.”

“그건 몰랐군요.”

한호의 안색이 살짝 어두워졌다.

“후~ 제가 처남에게 못할 짓을 시킨 모양입니다.”

“어쩔 수 없지요. 산동악가가 우리에게 돌아서지 않는 한

언젠가는 벌어질 일이었습니다.”

“그렇긴 하지만 저로 인해 아예 여지가 사라졌으니 말입니다.”

한호의 말에 동의하는지 소숙도 별다른 말을 하지 않았다.

“이미 지나간 일은 그렇다 치고. 하후세가에서 사사천교를 끌어들일 줄은 몰랐습니다.”

“이 사부 또한 전혀 예상하지 못한 멋진 한수였습니다. 사사천교를 끌어들임으로써 하후세가는 장차 산동의 패자로 떠오를 것입니다. 물론 친우의 복수를 한다는 명분으로 정무맹에 협조하여 사사천교를 공격하는 모습을 어느 정도는 보여줄 필요가 있겠지만 말이지요.”

“그거야 그들이 알아서 할 일이고요. 아무튼 사사천교가 그렇게 제 시간에 맞춰 공격을 했다는 것은 사사천교의 태사와 서로 어느 정도 교감이 있었다는 말이 되겠군요.”

“그 친구가 하후세가 가주와 꽤나 친분이 두텁습니다. 그렇다고 장로전이 하후세가에 힘을 실어주는 것은 아닐 겁니다.”

“개인적으로 돕는 거야 얼마든지 상관없습니다. 어느 곳에서도 줄서기는 있는 법이니까요.”

줄서기가 가열되면 문제가 심각하다는 말을 하려던 소숙은 그냥 입을 다물었다. 그걸 모를 한호도 아니었고 용납 또한 하지 않을 테니까.

“어쨌거나 상황은 재밌게 되었습니다. 하후세가에서 저리 빨리 산동악가를 처리했으니 말입니다.”

“예. 낙성검문도 지금쯤 소식을 들었을 것이고 모르긴 몰라도 난리가 났을 겁니다.”

“그렇겠지요. 경쟁에서 뒤처졌다고 생각할 테니까요. 게다가 큰 녀석이 악가의 두 장로를 쓰러뜨렸다는 것을 알게 되면 꽤나 놀랄 겁니다. 끔찍이도 지기 싫어하는 장인의 성격으로 보아 어쩌면 이미 검을 빼 들고 와호맹으로 달려가고 있을지도 모르지요.”

한호는 뭐가 그리 재밌는지 연신 웃음을 흘려댔지만 소숙은 차마 웃을 수가 없었다.

유성검 천인후는 능히 그러고도 남을 위인이기 때문이었다.

그의 예상은 정확했다.

“당장 준비를 하여라. 와호맹을 공격할 것이다. 해사방에도 그리 알리고.”

산동악가가 무너졌다는 소식을 들은 천인후는 마음이 급했다.

천인후가 딱딱하게 굳은 얼굴로 명을 내렸다.

“알겠습니다.”

천우궁이 벌떡 일어나며 말하자 천소강이 그의 팔을 잡아

끌며 말했다.

"진정들 하십시오."

"진정하게 생겼느냐? 하후세가는 이미 산동악가를 무너뜨렸다. 너도 듣지 않았느냐?"

"들었습니다. 하지만 지금 당장 와호맹을 공격하여 무너뜨린다고 해서 하후세가보다 빠를 수는 없습니다. 오히려 무모한 공격으로 피해만 잔뜩 입을 뿐이지요."

"하하하! 그건 외숙의 말이 맞습니다, 할아버지."

어느새 나타난 한진이 웃음을 터뜨리며 말했다.

"그렇다고 이대로 시간만 지체할 수는 없지 않느냐? 네 형은 악가의 장로 둘을 쓰러뜨렸다."

천인후의 말에 한진은 대수롭지 않다는 듯 대꾸했다.

"원래 칼질을 잘하긴 합니다."

"어허."

"조금 빠르고 늦고는 중요한 것이 아니라고 봅니다. 아버지도 그리 생각하실 테고요. 중요한 것은 우리가 눈앞에 둔 적이 무작정 공격한다고 쓰러뜨릴 수 있는 상대가 아니라는 겁니다. 아시잖습니까? 와호맹은 산동악가보다 강합니다."

누군가 한진의 말을 들었다면 미쳤다며 코웃음을 쳤을 것이다.

명색이 무림 오대세가 중 하나인 산동악가와 세력을 제법 키웠다고는 하나 그래 봤자 수적에 불과한 와호맹을 비교한다는 것 자체가 말이 되지 않는 일이었다.

하지만 천인후와 천소강은 아무런 말도 하지 못했다.

그들이 생각하기에도 와호맹의 전력은 산동악가보다 강했다.

조사를 하면 할수록 와호맹의 전력은 놀라웠고 무엇보다 시간이 지나면 지날수록 더욱 강력해지고 있었다.

"우리가 알고 있는 것을 아버지가 모를 리가 없지요. 그러니까 너무 조급해하지 마시고 여유를 가지고 와호맹을 공격할 계획을 세우는 것이 좋을 듯싶습니다."

"네 말이 옳다. 하후세가가 성공했다는 말에 이 할애비가 너무 성급했구나."

천인후가 대견스런 표정으로 고개를 끄덕였다.

"다 이 못난 손자때문이지요. 아, 그리고 형이 악가의 두 장로를 쓰러뜨렸다고요? 너무 걱정하지 마세요. 그 정도 실력은 저도 있으니까요."

장난처럼 얘기하는 것 같아도 한진이 어느 정도의 실력을 지녔는지 짐작을 하고 있던 천인후는 박장대소를 했다.

"암, 알지. 알고말고. 누구의 손자인데. 허허허!"

천인후가 기분 좋게 웃음을 터뜨리는 것을 본 천소강이 안도의 한숨을 내쉬었다.

"그럼 네가 생각하게 공격의 적기는 언제라고 보느냐?"

천우궁이 천소강에게 물었다.

“우선은 해사방을 앞세울 생각입니다. 해사방과 단심련의 떨거지들이 와호맹과 충돌을 시작하면 그때부터 본격적으로 나서면 됩니다.”

“하후세가는 산동악가를 무너뜨리면서 철저하게 사사천교를 이용하며 정체를 숨겼다. 우리의 존재 또한 드러나지 않아야 될 게야. 낙성검문이 해적 따위와 어울린 것이 알려지면 불명예를 뒤집어쓸 테니까.”

“가능할지 모르겠습니다만 최대한 노력은 해봐야겠지요.”

물론 와호맹의 전력을 감안해 보면 그럴 가능성은 없다고 봐도 무방했다.

*　　　*　　　*

장청의 연락을 받은 와호맹의 수뇌들은 오시가 채 되기도 전에 태호청에 모두 모였으나 정작 회의는 오전 내내 항평과의 비무로 시간을 보낸 유대웅이 도착을 한 뒤에야 시작되었다.

“이렇게 우리 모두를 소집할 정도라면 큰 문제가 발생한 것 같은데 무슨 일이냐?”

뇌우가 걸걸한 음성으로 물었다.

손에 술병이 들린 것을 확인한 장청이 미간을 찌푸렸다. 뭐라 말을 하곤 싶었지만 애당초 통할 상대가 아니기에 애써 외면하며 입을 열었다.

“해사방이 단심련 내부의 분란에 개입한 것은 다들 아실 겁니다. 얼마 전에는 우리와도 충돌이 있었고요.”

장청이 회의에 참석한 상관화를 슬쩍 바라보며 말했다.

단심련에 투신한 상관화를 위해 유대웅은 단심련 출신의 무인들을 주축으로 하여 단심대를 만들었다.

기존의 백호대와 황호대 등과 비교해 볼 때 구성 인원이나 전체적인 실력에서 다소 부족할지는 몰라도 상관화를 중심으로 하는 단결력만큼은 타의 추종을 불허했고 와호맹에 큰 힘이 되었다.

상관화를 따라 와호맹에 투신한 비묘대주 사도진은 운밀각의 부각주로 내정되었는데 얼마 되지 않은 기간임에도 탁월한 능력을 보여주고 있어 모두를 흐뭇하게 하고 있었다.

“그런데 왜? 그 해적 놈들이 발광이라도 한다더냐?”

뇌우가 시큰둥하게 물었다.

“그렇습니다. 대대적인 움직임이 포착되었습니다.”

장청의 말에 태호청에 모인 수뇌들의 분위기가 바뀌었다.

“구체적으로.”

유대웅이 말했다.

“해사방이 단심련의 문제에 깊숙하게 개입한 순간부터 하오문과 운밀각은 해사방의 움직임을 주시하고 있었습니다. 해사방이 장강진출을 얼마나 원하고 있는지 알고 있었기 때문입니다. 단심련에 의해 그 길이 막혀 있었는데 갑작스레 불거진 내분은 해사방에게는 있어 다시없을 기회였고 그들은 정확하게 그 기회를 잡았습니다.”

몇몇 사람이 상관화를 얼굴을 힐끗거렸다.

상관화는 마치 다른 사람의 얘기를 듣는 듯 별다른 반응을 보이지 않았다.

“저희가 파악한 바로는 해사방은 내분에 개입하는 대가로 묵사도를 넘겨받았습니다.”

“묵사도라면 단심련에서도 꽤나 중하게 여기는 요충지거늘.”

감총오가 놀랍다는 듯 말했다.

“예. 사실상 파양호 동쪽 물길을 완전히 포기하겠다는 선언이나 다름없지요.”

“미쳤군.”

감총오가 고개를 설레설레 흔들었다.

“중요한 것은 현재 그 묵사도에 해사방의 주력이 속속 도착하고 있다는 것입니다.”

장청의 고개가 운밀각주 진수에게 돌아갔다.

진수가 얼른 설명을 이어갔다.

“어제까지 대략 삼백 명이 넘는 인원이 묵사도에 도착했고 계속해서 인원이 늘고 있는 것으로 확인했습니다.”

“묵사도가 그리 넓었나?”

뇌우가 고개를 갸웃거리며 물었다.

"묵사도를 중심으로 주변 수채에 흩어져 있다고 보시면 될 겁니다."

"그런데 그게 문제가 되나? 단심련에게 넘겨받은 것이라면서?"

유대웅의 물음에 장청이 심각한 표정으로 대답했다.

"단순히 묵사도에 대한 지배를 확립하고자 하는 움직임이 아니기 때문에 그렇습니다. 하오문과 운밀각의 요원들이 올리는 보고를 취합해 본 결과 해사방은 분명 다른 목적이 있습니다."

"다른 목적이라면?"

"놈들의 목적은 바로 이곳, 와호맹입니다."

곳곳에서 침음이 터져 나왔다.

유대웅이 질문을 던질 때부터 짐작은 했지만 막상 장청의 입으로 듣게 되자 느낌이 다른 것이다.

"하면 단심련도 함께 쳐들어오는 것인가?"

허금도가 물었다.

"예. 묵사도를 넘긴 순간부터 단심련은 사실상 해사방의 말을 거역할 수 없는 처지라 생각합니다. 아마도 해사방은 병력을 아끼려는 심산으로 단심련을 앞세울 가능성이 큽니다."

"하, 해적 놈들이 어디서 수작질을. 올 테면 오라고 해. 본좌가 모조리 썰어버릴 테니까."

호태악이 벌떡 일어나며 언성을 높였지만 그의 말에 대꾸하는 사람은 아무도 없었다.

뻘쭘해진 호태악이 슬그머니 자리에 앉자 장청이 말을 이었다.

"단심련에선 아직 활발한 움직임은 보여주지 않고 있지만 그들이 해사방과 함께 행동할 것은 너무도 자명합니다."

"언제쯤 공격을 할 것 같은데? 시간은 얼마나 있지?"

"모든 정보를 취합해 보았을 때 빠르면 칠팔 일, 늦어도 열흘 이내에 시작될 것 같습니다."

"음. 생각보다 시간이 없군."

굳은 얼굴로 턱을 비비던 유대웅이 다시 물었다.

"그에 대한 대책은?"

"수비냐 공격이냐에 따라 달라집니다. 각각의 장단점을 말씀드리자면……."

유대웅이 즉시 말을 끊었다.

"공격하는 것으로 하지. 놈들을 굳이 이곳까지 끌어들일 생각은 없어."

유대웅의 말에 대다수가 동의를 하자 장청은 곧바로 준비해 둔 지도를 벽면에 걸었다. 마치 그렇게 대답할 줄 알았다는 듯한 행동이었다.

"공격이라면 당연히 기습입니다."

"녹수맹과의 일전에서 효과를 톡톡히 봤지. 군산을 아주 쑥대밭으로 만들었으니까. 이번엔 단심련인가?"

뇌우가 키득거리며 말했다.

"예. 맞습니다. 하지만 이번에 목표가 될 곳은 단심련이 아니라 바로 이곳입니다."

장청이 가리킨 곳은 파양호와 남경 사이에 있는 묵사도였다.

"묵사도라면 아예 처음부터 해사방을 치자는 말이군."

단혼마객이 장청이 가리킨 묵사도를 가만히 응시하며 말했다.

"그렇습니다. 어차피 이번 싸움의 주력은 해사방입니다. 굳이 단심련과 드잡이를 할 필요는 없지요."

"묵사도에 모인 인원을 생각하면 아무리 기습이라도 꽤나 많은 인원이 필요할 텐데 그전에 놈들이 눈치를 채지 않을까?"

"눈치채지 못하게 하는 일은 운밀각에서 책임을 질 겁니다."

장청의 말에 진수는 자신도 모르게 침을 꿀꺽 삼켰다.

"뭐, 그렇게 말하는 것을 보니 이미 인원 편성이나 이동 경로에 대해서도 계획이 섰다는 말이네. 맞지?"

유대웅이 피식 웃으며 묻자 장청이 고개를 끄덕였다.

"그렇습니다."

"그럴 줄 알았어. 그럼 바로 얘기를 하지. 시간이 촉박한 것 같으니까."

"알겠습니다. 우선 단심련입니다. 비록 주공은 해사방이고 오랜 내분으로 그 힘이 많이 약해져 있다고는 하나 결코 무시할 수 없습니다. 와호맹에 속한 수채들을 동원하여 그들을 칠 생각입니다. 물론 단심련 공략의 선봉은 단심대입니다."

"맡겨만 주십시오."

상관화가 벌떡 일어나 대답했다.

"백호대와 적호대, 유성대가 뒤를 받칩니다."

백호대주 조건과 흑호대주 하백이 조심히 일어나 허리를 꺾었다.

"태상호법님과 허 장로님, 감 장로님께서 이들을 이끌어주십시오. 아, 집법단과 감찰단 또한 함께입니다."

"또 재미없는 곳을 맡았군. 내 이럴 줄 알았지."

뇌우가 툴툴거리며 불만을 터뜨렸지만 그렇다고 한번 결정된 사항을 번복해 달라고 할 정도로 분별이 없지는 않았다.

"크크크, 그러면 본좌의 상대는 바로 해사방이군."

내심 해사방과의 일전을 기대했던 호태악이 괴소를 터뜨리며 좋아했다.

장청이 고개를 끄덕였다.

"해사방의 주력이 모여 있는 곳은 묵사도지만 일부 병력은 묵사도 주변에 흩어져 있습니다. 황호대는 단독으로 움직여 그들을 칩니다."

"별동대란 말이군. 좋아. 본좌에게 딱 맞는 임무지."

호태악이 가슴을 탕탕 치며 자신감을 보일 때 장청의 시선이 마독에게 돌아갔다.

"마 장로님께서 함께해 주시기 바랍니다."

"그러지."

호태악은 마독이 따라붙는다는 말에 오만상을 찌푸렸다.

자신과는 정반대의 성격을 지녔기 때문인지 호태악은 유난히 마독을 어려워했다.

호태악의 썩어가는 얼굴에 입가 가득 미소를 짓던 장청이 화난 얼굴로 노려보는 호태악의 반응에 얼른 표정을 고치곤 말을 이었다.

"가장 중요한 목표인 묵사도는 맹주님께서 직접 공격하셔야 합니다."

"원하던 바지."

"호천단과 흑호대가 맹주님을 모십니다."

호천단이야 맹주의 그림자였으니 당연했지만 지난번 황화련을 다녀오는 동안 유대웅을 수행했던 노검은 또다시 유대웅과 함께 움직이게 되자 영광스럽다는 표정으로 예를 표했다.

"태상장로님과 설 호법께서 맹주님을 도와주십시오."

"알았다."

"알겠네."

자우령과 단혼마객이 고개를 끄덕였다.

"월광대 또한 묵사도로 갑니다."

"명을 받듭니다."

강위가 벌떡 일어나며 허리를 꺾었다.

"이거이거. 지난번 군산을 공격하던 방식과 똑같구만. 암만 봐도 우리는 시선을 끄는 미끼 같은데."

허금도가 뇌우의 말에 동의를 표하며 말했다.

"만만치 않겠군. 놈들도 머리가 있는 이상 지난번처럼 쉽게 당할 것 같지는 않은데 말이야. 경계도 분명히 강화를 할 것이고."

"그렇습니다. 장로님 말씀대로 장강을 이동하는 모든 배엔 감시의 눈초리가 붙을 것입니다. 지난번에 썼던 기만술도 통하지 않겠지요. 그래도 방법은 있습니다."

장청이 벽에 걸린 지도에서 동정호를 가리켰다.

"우선 와호맹의 모든 전력을 이곳, 군산에 집중시킵니다. 급히 서두를 생각은 없지만 여러 수채가 모이다 보면 단심련과 해사방의 눈 또한 이곳에 집중되겠지요. 하지만 맹주님은 이미 육로를 통해 호북으로 넘어간 상태입니다."

유대웅이 멍한 얼굴로 바라보자 장청이 싱긋 웃었다.

"맹주님께선 오늘 밤에 떠나셔야 한다는 말씀입니다."

"내가 없으면 놈들이 분명 이상하게 생각할 텐데?"

"훌륭한 대역이 있지 않습니까?"

"대… 역?"

유대웅이 이해를 하지 못한 표정으로 고개를 갸웃거리자

마독이 물었다.

"혹 항평을 말함인가?"

"그렇습니다."

"평아를요?"

깜짝 놀란 항몽이 되물었다.

"그렇습니다. 커다란 덩치도 그렇고 사용하는 검 또한 크기가 비슷합니다. 무엇보다 외부에 노출이 되지 않았다는 것이 중요하지요."

"따지고 보면 그만한 적격도 없지."

"좋은 생각인 것 같군."

뇌우와 허금도가 맞장구를 쳤다.

"하지만 그 아인 아직 그런 중책을 맡을 준비가……."

"그냥 가면만 쓰고 있으면 됩니다. 가끔 외부로 모습을 노출시켜 맹주님이 아직 움직이지 않았다는 것을 적들에게 확인시켜 주는 역할이지요."

장청의 말에 항몽은 한숨을 내쉬며 입을 다물었다. 누가 생각해 봐도 어려울 것 없는 간단한 임무였으나 동생의 일이기에 아무래도 걱정이 되는 듯했다.

지도를 가만히 보던 유대웅이 긴 숨을 내쉬었다.

"결국 적의 이목이 닿지 않는 곳으로 우회해서 치라는 말이네."

"그렇습니다."

"그러려면 꽤나 돌아야겠어."

"강행군을 하셔야 할 겁니다."

"그 정도도 감수하지 못할까? 걱정 마."

유대웅이 빙긋 웃었다.

"계획대로라면 맹주님은 닷새 후, 묵사도에 도착을 하실 겁니다. 참고로 황호대도 그때까지는 맹주님과 행보를 같이 합니다. 갈라지는 것은 공격을 앞둔 시점. 황호대가 먼저 주변에 흩어진 해사방의 병력을 치면 됩니다."

"맡겨둬."

호태악이 자신만만하게 외쳤다.

"우리는 계속 이곳에서 대기하는 건가? 언제 움직이지?"

뇌우가 궁금증을 참지 못하고 물었다.

"묵사도에 대한 공격이 시작될 즈음해서 단심련을 향해 진격하시면 됩니다."

"양쪽에서 협공을 하자는 말이군."

"비슷합니다만 묵사도의 병력을 쓸어버리면 양쪽에서 굳이 협공을 하지 않더라도 단심련을 쓰러뜨릴 수 있습니다. 묵사도를 점령한 병력은 단심련이 아니라 차후에 밀고 들어올 해사방의 나머지 병력을 막으셔야 합니다."

장청이 유대웅과 자우령을 바라보며 말했다.

"제가 맹주님과 태상장로님, 그리고 설 호법님을 함께 보내 드리는 이유를 잊지 마십시오. 우선적으로 처리해야 할 곳이 바로 묵사도입니다. 현재 묵사도에 있는 인원은 곧 단심련 쪽으로 이동할 것이고 이후에도 묵사도엔 많은 인원이 보충될 것입니다. 더 많은 지원군이 도착하기 전에 최대한 빨리, 최소한의 피해로 놈들을 쓸어버리세요. 다시는 장강을 넘볼 엄두를 내지 못하도록 철저히 궤멸시켜야 합니다."

장청의 냉정한 말투에 다들 놀란 표정을 지을 때 유대웅이 천천히 자리에서 일어나며 말했다.

"당연히 그래야지. 장강은 우리의 영역. 해사방 따위에게 넘겨줄 수야 있나."

유대웅이 활활 타오르는 눈으로 좌중을 둘러봤다.

장청이 뜨거운 열기가 담긴 한마디를 토해냈다.

"장강일통이 눈앞에 있습니다."

*   *   *

"죽엇! 죽엇!"

핏물이 뚝뚝 떨어지는 칼을 미친 듯이 휘두르는 상관홍의 눈에선 광기가 흘렀다.

칼이 한번 휘둘러질 때마다 사방으로 피가 튀었고 살점이 튀었다.

"허구헌 날 나보고 병신이라고 지껄였지. 꼴을 봐! 누가 병신인거야?"

상관홍은 이미 형체를 알아볼 수 없을 정도로 뭉개진 상관호의 시신을 깔고 앉아 소리를 질러댔다.

'진짜 미친놈은 따로 있었군.'

멀찍이 물러서서 상관홍의 만행을 지켜보는 원목의 표정이 살짝 일그러졌다.

상관홍의 눈빛에서 번들거리는 욕망과 형에 대한 살의를 간파하고 그것을 이용했지만 막상 눈앞에서 미친 짓을 보게 되니 욕이 목구멍까지 치솟아 올랐다.

'어쨌든 상관은 없다. 저런 놈일수록 다루기는 편하니 말이야.'

원목의 눈이 고깃덩이로 변해 버린 상관호를 응시했다.

'그러게 알아서 기었어야지.'

원목은 온갖 패륜을 저지르면서까지 권력에 대한 욕심을 놓치지 않던 상관호가 정작 권력을 잡자마자 동생에 의해 목숨을 잃게 된 상황을 마음껏 비웃으며 여전히 칼을 휘둘러 대는 상관홍에게 다가갔다.

"그만하시지요."

그 한마디에 미친 듯이 날뛰던 상관홍의 행동이 거짓말처럼 얌전해졌다.

"팔 하나 부러졌다고 뒈지지 않습니다. 그러니까 적당히 하십시오. 언제까지 그 고깃덩이하고 싸움을 할 것입니까?"

"아, 알았소이다."

비웃음과 조롱이 뒤섞인 원목의 말에 재빨리 물러나는 상관홍.

비굴하게 굽실대는 그의 얼굴엔 혈육을 죽였다는 죄책감은 조금도 묻어나지 않았다.

"아직 끝난 것이 아닙니다. 단심련의 모든 권력을 장악하려면 형님을 따르던 자들을 확실히 처리해야 합니다. 그러지 않고는 또 다른 분쟁이 일어날 소지가 있습니다."

"그, 그렇기는 하나 아무래도 힘이……."

"제가 도와드리겠습니다."

"가, 감사하외다."

상관홍은 연신 머리를 조아렸다.

그리고 다음 날 아침, 상관홍은 상관호를 따르던 수하들의 목숨을 모조리 날려 버리고 완벽하게 단심련을 장악했다.

*　　*　　*

"해사방 놈들은 어찌하고 있다고 합니까, 형님?"

무림을 떠돌며 이 년의 검도행을 마치고 복귀한 천장명(天長鳴)이 날카로운 눈빛을 뿜으며 물었다.

"묵사도를 중심으로 계속 병력을 늘리고 있다. 조만간 단심련을 앞세우고 공격을 시작할 것이야."

"해사방주가 직접 나선 겁니까?"

“아니. 지금 묵사도에선 명목상 해사방의 소방주가 병력을
지휘하고는 있지만 사실상 모든 권한을 가지고 있는 사람은
혈륜마왕으로…….”

“혈륜마왕?”

천우궁이 다소 놀랍다는 표정으로 되물었다.

“아십니까?”

“알지. 옛날에 꽤나 유명한 거물이었다. 한동안 안 보이기
에 어디 갔나 했더니 해사방에 처박혀 있었군. 이거 재밌게
되었구나.”

“작은 할아버님과 비교해선 어떤가요?”

슬그머니 묻는 한진에게 천우궁은 어처구니없다는 웃음을
보이며 말했다.

“인석아. 비교할 것을 비교해야지. 어디 그런 노괴와 이 할
애비를 비교하느냐?”

천우궁의 자신감에 찬 음성에 한진이 빙그레 웃음 지었다.

“그냥 궁금했습니다. 아무튼 해사방의 전력이 강하면 강할
수록 우리에겐 좋은 일이지요. 그런데 큰외숙. 해사방의 방주
는 소방주라는 자에게 모든 것을 맡겨놓고 뒤에 빠져 있을 생
각이랍니까?”

천소강이 고개를 흔들었다.

“아니다. 원래는 수하들만 보내는 것으로 알고 있었는데
갑자기 생각이 바뀐 것인지 직접 나선다고 하더구나. 묵사도

를 향해 이미 출발한 것으로 안다.”

“공 장로의 입김이 들어간 모양이군요.”

“그런 것 같다. 산동악가의 일이 전해져서 인지 공 장로도 제법 몸이 달아 있는 것 같아.”

“그렇군요. 한데 큰외숙께선 해사방과 단심련이 연합을 하면 와호맹을 이길 수 있으리라 보십니까?”

“절대 불가능하다.”

천소강이 음성은 단호했다.

“해사방이 전력을 동원하면 그런저런 상대가 되지 않을까요? 혈륜마왕을 비롯하여 이름난 노물들도 제법 되는 것 같고.”

천장명의 말에 천소강이 피식 웃었다.

“늑대들이 우글거린다고 해서 대호를 잡을 수 있다고 봐? 포효 소리에 주저앉고 말걸.”

“하긴, 그도 그렇군요.”

천장명 또한 소숙이 보내온 와호맹 정보를 접한 터라 금방 수긍을 하였다.

무림의 절대자들이라는 무림십강.

그에 버금가는 고수를 무려 두 명이나 보유한 와호맹을 한낱 수채라 보기엔 무리가 있었다.

“결국 우리가 그들을 어찌 잡느냐에 따라 이번 싸움의 승패가 갈리겠군요.”

한진의 말에 천우궁이 코웃음을 쳤다.

"인석아. 말은 바로 해야지. 우리가 아니라 형님과 나다. 그만한 실력이라면 다른 사람은 애당초 상대가 되지 않아. 음, 큰 녀석이라면 조금 다르긴 하겠군. 요즘 들어 상대하기가 버거운 것이 실력이 꽤나 늘은 듯하니까."

"그거야 숙부님이 봐주시니 그런 것이지요."

천소강이 손사래를 쳤다.

그런 천우궁과 천소강을 보며 한진의 입가에 의미심장한 미소가 걸렸다. 때마침 그 웃음을 본 천장명은 짙은 의혹에 휩싸였다.

'지난 밤, 형님과의 비무를 보면 분명 뛰어난 실력을 가지고는 있었지만… 설마?'

천장명이 묘한 눈빛으로 한진을 바라볼 때 천인후가 착 가라앉은 음성으로 입을 열었다.

"어쨌거나 해사방이 공격이 조만간 시작될 것 같다고 하니 우리도 움직여야겠지. 소강아."

"예. 아버님."

"준비를 하여라. 단심련으로 간다."

"알겠습니다."

그날 밤, 절강의 패자 낙성검문의 문이 활짝 열리고 정확히 백이십 명의 검귀가 조용히 움직이기 시작했다.

第六十七章
개전(開戰)

　장강을 끼고 크게 번성하고 있는 도시 안경(安慶)에서 서남 쪽으로 십리 정도 떨어진 광활한 갈대밭.

　동틀 무렵, 흔들리는 갈대밭에서 낯선 이들이 하나둘 모습을 드러냈다.

　한수를 넘어 북쪽으로, 그리고 다시 동쪽으로 크게 우회를 하여 내달리기를 사흘, 예정보다 이틀이나 먼저 목적지에 도착한 유대웅 일행이었다.

　원래의 계획보다 이틀 정도 더 일정을 당긴 것은 그들로선 상당히 부담스러웠지만 돌아가는 상황이 좋지 않았기에 어쩔 수 없는 선택이었다.

유대웅 일행이 와호맹을 떠난 다음 날, 각 수채에서 출발한 병력이 동정호를 향해 속속 출발하고 있을 때 단심련의 행보가 심상치 않다는 정보가 입수되었다.

묵사도에 주둔하고 있던 해사방의 병력이 단심련으로 대거 이동을 시작했고 해사방주 또한 직접 병력을 이끌고 이미 묵사도를 향해 출발했다는 것이었다.

해사방의 공격이 빨라도 칠팔 일 걸릴 것이라 분석하고 장담했던 장청과 항몽은 당황하지 않을 수 없었다.

하지만 그건 그들의 잘못이 아니었다.

그들은 수하들이 올린 정보를 토대로 해사방과 단심련의 행동을 정확하게 예측했다.

다만 문제는 그들이 해사방 뒤에 장군가가 있다는 것을, 산동악가를 무너뜨린 하후세가의 활약으로 인해 낙성검문과 사실상 그와 한 배를 탄 공탁이 무척이나 조급해한다는 것을 몰랐을 뿐이었다.

산동악가가 무너졌다는 소식을 들은 공탁은 그 즉시 해사방을 움직였고 우선적으로 묵사도에 있는 병력을 단심련으로 이동을 시키기 시작했다. 더불어 주산군도에 있던 해사방의 전 병력의 이동을 명했다.

뒤늦게 해사방의 움직임을 파악한 장청은 고민을 거듭하다 처음의 계획을 그대로 밀고 나가기로 결정했다.

최대한 빨리 묵사도를 점령하여 물밀듯이 밀려드는 후속

병력을 완벽하게 차단하는 것이 중요하다고 판단한 장청은 유대웅에게 강행군을 요청했고 유대웅은 이에 화답하여 정확히 이틀을 줄인 것이다.

"준비는 되었나?"

유대웅이 쌍부를 손질하고 있던 호태악에게 물었다.

"물론. 본좌와 황호대는 언제라도 움직일 준비가 되어 있다."

언제나 그렇듯 호태악은 기운이 넘쳤다. 호태악뿐만 아니라 황호대원들의 표정도 괜찮았다.

나흘 동안 엄청난 거리를 주파하며 강행군을 했지만 그래도 이동 사이사이 최대한 피로를 줄이려고 노력했고 갈대밭에 도착한 뒤에도 두시진 남짓한 휴식을 가졌기에 다들 몸 상태는 그리 나쁘지 않은 것 같았다.

"황호대는 어디까지나 별동대다. 너무 무리하지 말고 가급적 치고 빠지는 식으로 놈들을 공격해. 그것만으로도 충분하니까."

황호대는 묵사도가 아니라 묵사도 인근에 흩어진 해사방을 공격하라는 임무를 받았는데 계속해서 병력이 충원되다 보니 생각보다 만만치 않았다.

"본좌에게 그런 공격 방식은……."

"본좌 타령 그만하고 내 말대로 해. 쓸데없이 지랄 떨다가 애꿎은 수하들만 희생시키면 나한테 뒈질 줄 알아."

유대웅이 버럭 소리를 지르자 멍한 눈으로 보던 호태악이 슬그머니 고개를 돌렸다.

그 모습을 보며 살며시 웃음을 터뜨린 마독이 다가왔다.

"너무 걱정하지 마십시오. 황호대주도 예전 같지 않습니다."

"도대체가 믿을 수가 있어야지요. 미련한 곰탱이 같으니. 아무튼 장로님만 믿겠습니다."

유대웅의 말에 마독이 살짝 허리를 굽혀 예를 표하고 그 사이 황호대원들이 유대웅 앞에 사열했다.

"다시 말하지만 무리하지 마라. 보다 큰 싸움이 남았다."

"알았다고."

호태악은 콧방귀를 뀌며 쌍부를 흔들었다.

황호대원들이 유대웅을 향해 일제히 예를 표했다. 물론 호태악은 고개를 돌린 채였다.

"빌어먹을 자식! 출발이나 해."

유대웅이 주먹을 꽉 움켜쥐며 말했다.

"가자."

호태악의 호령과 더불어 황호대는 일사불란하게 이동을 하며 순식간에 사라졌다.

유대웅이 갈대숲에 잔잔히 깔린 안개를 뚫고 사라지는 황호대를 보며 한숨을 내쉬자 자우령이 그의 어깨에 손을 올렸다.

“너무 걱정하지 말거라. 말은 저리해도 네 생각만큼 멍청한 녀석은 아니야. 수하들을 위하는 마음도 제법이고. 잘할게다.”

“압니다. 그래도 불안한 걸 어쩌겠습니까?”

유대웅은 생각하기도 싫다는 듯 고개를 설레설레 흔들었다. 그 옆으로 따라붙은 이석이 조용히 물었다.

“저희는 언제 움직이는 겁니까?”

“황호대가 첫 번째 목표를 공격할 시점이 될 터이니 반 시진 정도 후려나.”

“준비시키겠습니다.”

“그렇게 해. 월광대주.”

“예. 맹주님.”

강위가 허리를 꺾으며 대답했다.

“우리가 무사히 묵사도에 상륙하려면 월광대의 활약이 필요하다. 배는 준비되었나?”

“예. 갈대밭에 충분히 확보해 두었습니다.”

“경계병은?”

“이미 몇몇 대원이 새벽녘에 침투하여 맹주님의 명만을 기다리고 있습니다. 실력이 출중한 대원들만 차출했으니 크게 염려하지 않으셔도 될 겁니다.”

믿음직스러운 강위의 말에 흡족해진 유대웅이 노검을 불렀다.

“선봉은 흑호대가 맡아.”

“감사합니다, 맹주님.”

노검이 환한 얼굴로 고개를 숙였다.

“해사방주가 정예들을 이끌고 도착했다고 하니 쉽지는 않을 거다.”

“저희가 더 강합니다.”

자신만만한 노검의 얼굴을 가만히 바라보던 유대웅이 피식 웃으며 말했다.

“잘 따라와야 할 거야.”

“예?”

노검이 영문을 모르겠다는 얼굴을 하자 유대웅이 초천검을 툭 치며 웃었다.

“선봉은 흑호대지만 그 앞에 서는 것은 나니까.”

*　　　*　　　*

“문주님. 문주님!”

좌장로의 다급한 음성에 아침부터 두통에 시달리던 항몽의 미간이 더욱 찌푸려졌다.

“무슨 일이기에…….”

“큰일났습니다, 문주님.”

“무슨 일이냐고 묻잖아요.”

항몽의 음성이 뾰족해졌다.

그녀의 날선 반응과는 상관없이 좌장로는 손에 든 서찰을 흔들며 소리쳤다.

"낙성검문이 움직이고 있습니다."

"예?"

전혀 상상할 수 없는, 둘의 대화에서 절대 거론될 이유가 없는 곳의 이름이 언급되자 항몽은 머리가 띵해졌다.

"낙성검문이라면 절강의 패자 아닙니까?"

장청의 물음에 항몽이 더없이 심각한 표정으로 고개를 끄덕였다.

"예. 인원은 얼마 되지 않지만 하나같이 뛰어난 실력을 지닌 자들이지요. 특히 문주인 유성검 천인후는 무림십강에 비교될 정도로 막강한 무공을 지녔어요."

"한데 그들의 움직임이 우리와 무슨 상관이라는 겁니까?"

다급해 보이는 항몽의 태도에서 뭔가 불안감을 느낀 것인지 장청의 음성도 어딘지 모르게 떨렸다.

항몽의 시선이 좌장로에게 향하자 좌장로가 얼른 입을 열었다.

"지난 밤, 의문의 무리가 파양호 인근에 모습을 드러냈습니다. 처음엔 단심련이나 해사방의 병력이 아닌가 의심을 하였지만 아니었습니다. 수적들과는 애당초 분위기 자체가 달랐다고 하니까요. 이를 수상히 여긴 비연이 곧바로 그들에 대한 조사를 시작하였습니다.”

장청의 뛰어난 머리가 비연이 하오문이 자랑하는 최고의 요원이라는 것을 떠올리고 있을 때 좌장로의 말은 계속 이어졌다.

“비연으로부터 파양호에 나타난 일단의 무리가 낙성검문의 무인이라는 것을 확인한 뒤 그들의 지난 행적에 대해 추적하기 시작했습니다. 그리고 수많은 보고서 중에서 몇 가지 특이할 만한 점을 찾아냈습니다. 우선 그들의 움직임이 처음으로 감지된 곳은 소흥의 한 기루에서였습니다. 그곳에서 술을 마시던 낙성검문의 제자가 본문에 속한 기녀 아이에게 조만간 어디론가 원정을 간다고 자랑스레 떠벌렸음이 보고되었습니다. 두 번째 움직임이 파악된 곳은 황산이었습니다. 황산객점에서 일하는 제자가 윗선에 보고를 한 것이었지요. 세 번째 움직임이 파악된 곳은 경덕진의 음식점이었습니다.”

“최단거리로군요.”

장청이 신음하듯 내뱉었다.

“그렇습니다. 소흥에서 파양호까지 최단거리를 지나온 것이었습니다. 통상적인 이동속도보다 훨씬 더 빠르게.”

“음.”

어느샌가 장청의 이마엔 식은땀이 흐르고 있었다.

“그리고 마침내 파양호에 이른 것이지요. 저들이 무슨 의도로 파양호까지 온 것인지는 아직 파악하지 못했습니다.”

“우리 때문일까요?”

장청이 긴장된 표정으로 물었다.

“정황상 관계가 없을 것 같지 않아요. 다만 저들의 목표가 와호맹인지 단심련 혹은 해사방인지 전혀 파악이 되지 않았어요.”

항몽이 고개를 흔들며 대답했다.

“단심련이나 해사방과 문제가 있어 달려온 것이라면 다행이겠지만 만약…….”

장청은 차마 뒷말을 잇지 못했다. 상상만으로도 온몸이 부르르 떨렸다.

“군사님의 불길한 예감이 맞는다면 그야말로 최악의 상황이에요. 맹주님과 태상장로님이 계시지 않는 상황에서 낙성검문과 부딪친다는 것은…….”

항몽의 말은 이어지지 않았다.

장청이 무섭도록 굳은 얼굴로 벌떡 일어났다.

“각주님.”

“예. 군사님.”

진수가 바짝 긴장한 얼굴로 대답했다.

“지금 즉시 전서구를 띄우세요. 새로운 적이 출현할 가능성이 있다고. 아닙니다. 당장 싸움을 멈추고 뒤로 물러나라고 하세요.”

"적이 아닐 수도 있습니다."

"그때는 다시 대책을 세우면 되지만 만약 낙성검문이 적이라면 돌이킬 수 없는 일이 벌어질 수 있습니다. 당장 전서구를 띄우세요."

"알겠습니다."

진수가 허겁지겁 달려나가자 장청이 항몽에게 말했다.

"더 많은 정보가 필요합니다. 힘드시겠지만 낙성검문에 대해 보다 자세한 조사를 해주십시오."

"그렇게 할게요."

항몽의 대답과 동시에 좌장로가 급한 걸음으로 방문을 나섰다.

"맹주님께도 알려야 하지 않을까요?"

"그래야지요."

"걱정이네요. 그쪽도 싸움이 시작되었을 텐데 말이죠."

묵묵히 고개를 끄덕이는 장청.

딱딱하게 굳은 얼굴은 좀처럼 펴지질 않았다.

*　　　*　　　*

"시끄럽게 떠들지 말고 긴장들 해라. 적의 수가 우리보다 적다고 하여 방심하지 마라. 일심맹과 녹수맹을 무너뜨리고 단시간 내에 이만큼이나 세력을 키운 와호맹이다. 하지만 우리가 누구냐? 지옥의 야차만큼이나 거칠고 사나운 바다와 싸우며 도전하는 적들을 모조리 무너뜨리고 마침내 주산군도를 일통한 해사방의 영웅들이다. 오늘 이곳에서 또 한 번……."

목에 핏대를 세워가며 수하들을 독려하던 해월당주 간명은 뭔가 섬뜩한 예감에 고개를 홱 돌렸다.

보이는 것은 아무것도 없었다.

그러나 잘 벼려진 검처럼 날선 그의 감각은 자신을 노리며 날아드는 기운을 놓치지 않았다.

"핫!"

다급한 기합성과 함께 검을 움직이는 간명.

막강한 강기파가 그의 검을 후려쳤다.

"크헉!"

외마디 비명과 함께 간명의 신형이 그대로 날아갔다.

삼 장여를 날아가 무참히 처박힌 간명이 비틀거리면서 몸을 일으켰다.

재빨리 검을 움직여 방어를 했기에 목숨을 잃지는 않았으나 입가에 검붉은 핏물이 흐르는 것을 보아 상당한 내상을 당한 듯했다.

"대, 대체 누가… 헉!"

힘겹게 입을 놀리던 간명은 빛살처럼 날아드는 점 하나를 발견하곤 두 눈을 부릅떴다.

'창?'

피하려고 했지만 방금 전의 부상으로 몸이 제대로 움직여지지 않았다. 아니, 정상적인 몸이라 해도 피할 수 있을지 가늠키 힘들 정도로 창의 속도는 엄청났다.

"컥!"

단말마와 함께 간명의 몸이 그대로 꺾였다.

천천히 무너져 내리는 그의 아랫배, 주먹만 한 구멍이 뚫린 곳에서 선홍빛 핏물과 함께 장기들이 쏟아져 나왔다.

"제법 강단이 있는 놈인 줄 알았는데 생각보단 허접쓰레기 같은 놈이었군."

간명의 목숨을 취하고 큰 호선을 그리며 돌아온 영사금창을 회수하는 뇌우의 얼굴에 실망의 빛이 흘렀다.

"자네의 공격이 아니더라도 이미 끝장난 녀석일세."

현현금에서 발출된 강기파로 사실상 간명을 무장 해제시켜 버린 허금도는 갑자기 끼어든 뇌우의 행동이 그다지 마음에 들지 않는 듯했다.

순식간에 간명을 잃고 그 충격에 얼이 빠져 있던 해월당원들은 느긋하게 얘기를 주고받는 허금도와 뇌우의 모습에 어찌 대응해야 할지를 몰랐다.

"쯧쯧, 모양새들 하고는."

뇌우가 그들을 보고는 한심하단 표정으로 혀를 차자 허금도가 조용히 맞장구를 쳤다.

"생각보다 쉽겠어. 그렇지 않은가?"

그들 뒤에 있던 조건이 먹이를 눈앞에 둔 맹수처럼 적을 노려보며 대답했다.

"두 분께서 놈들의 기를 너무 꺾으셨습니다. 저희가 활약할 기회까지 말입니다."

"활약이야 지금부터라도 보여주면 되는 것이지."

"명을 받들겠습니다."

살짝 허리를 꺾은 조건이 검을 치켜들었다.

그것을 신호로 백호대원들이 일제히 함성을 내지르며 내달리기 시작했다.

*   *   *

뇌우와 허금도 등이 무화채를 공략하는 것과 동시에 상관화를 필두로 한 병력은 무화채 인근 장강에서 단심련과 건곤일척의 승부를 벌이고 있었다.

가장 먼저 적선에 오른 것은 역시 선봉에 선 상관화와 단심대였다.

"이게 누구신가? 집 나간 강아지가 기어들어 왔구만. 왔으면 조용히 꼬리 내리고 납작 엎드려야지. 이렇게 분탕질이라니."

밧줄을 타고 건너온 상관화를 발견한 단심련의 장로 우곡이 누런 이를 드러내며 웃었다.

"흥. 누군가 했더니 발정 난 늙은이였군. 아직도 기생들 치마폭에 머리를 파묻고 헐떡거린다는 소리는 들었다."

상관화는 그가 처음부터 상관호에게 붙었던 것을 알고 있기에 어른으로 대접을 하지 않았다.

"못 본 사이에 주둥이가 썩었구나. 하긴, 원래 제 밥그릇을 빼앗긴 개새끼들이 그러긴 하다만."

우곡은 상관화의 도발에도 오히려 여유로운 모습을 보이며 비웃음을 흘렸다.

"그렇다면 그 개새끼에게 물려보든지."

짧게 내뱉은 상관화의 검이 번개처럼 움직였다.

이미 준비를 하고 있던 우곡은 가슴팍을 향해 쇄도하는 검을 보며 피하지 않고 손을 뻗었다.

강력한 장력이 검끝의 방향을 틀어버렸다. 한데 곧바로 한 줄기 검기가 우곡의 목덜미로 짓쳐들었다.

당황한 우곡이 황급히 출수를 했다.

퍼퍽!

다급히 막기는 했지만 충격이 상당했는지 우곡의 신형이 비틀거리며 몇 걸음 물러났다.

상관화가 싸늘히 미소 지었다.

"어때? 좀 아프지."

"놈!"

"이제부터야. 아예 찢어발겨 주지."

상관화의 몸에서 무시무시한 투기가 흘러나왔다.

힘찬 기합성과 함께 도약한 상관화의 검에서 뿜어져 나온 섬뜩한 검기가 우곡을 향해 무차별적으로 쏟아졌다.

정면으로 부딪쳐선 승산이 없다고 판단한 우곡이 연신 몸을 흔들며 검기를 피하거나 살짝 살짝 흘려보냈다.

검기에 휩쓸린 선상 곳곳이 박살이 나고 무수한 파편이 주변으로 흩어졌다.

검기에 직접적으로 휘말린 자들의 비명 소리도 곳곳에서 터져 나왔다.

'이놈이 언제 이리 강했지?

상상조차 하지 못한 상관화의 무공에 우곡의 안색이 어두워졌다.

충분히 상대할 수 있으리라, 상관화를 쓰러뜨려 큰 공을 세우게 되리라 여겼건만 오산도 그런 오산이 없었다.

그러나 생각이나 하고 있을 여유는 없었다.

우곡은 지금의 자신을 있게 만들어준 파혈장(破血掌)을 사용하며 필사적으로 저항했다.

그의 양손이 흔들릴 때마다 붉은 기운이 사위를 휘감고 반격의 기회를 노리며 넘실댔지만 상관화의 검은 우곡의 반격 자체를 용납하지 않았다.

순식간에 이십여 초가 흘렀다.

처음엔 그런대로 저항도 하고 나름 반격도 시도했으나 우곡은 이미 기세를 완벽하게 빼앗기고 말았다.

움직임은 갈수록 느려지고 파혈장의 위력 또한 눈에 띄게 약해졌다.

"크악!"

마침내 우곡의 입에서 비명이 터져 나왔다.

우곡은 고통으로 일그러진 왼쪽 팔을 움켜쥐었다.

피가 뿜어져 나오는 왼쪽 팔은 손목 아래가 깨끗하게 잘려 나가고 없었다.

오른쪽 옆구리의 상처도 상당해서 쩍 벌어진 상처 부위에선 내장이 미끄러져 나올 정도였다.

"으아악!"

우곡의 입에서 다시 한 번 처절한 비명이 터져 나왔다.

상관화의 검이 발등을 찍어버린 것이다.

옴짝달싹할 수 없는 상황에 처한 우곡은 자신을 향해 다가오는 상관화를 향해 최후의 발악을 했다.

그의 마지막 발악을 비웃기라도 하듯 상관화의 입가엔 잔인한 미소가 걸리고 웃음이 끝나는 시점에서 우곡의 머리가 허공으로 치솟았다.

떨어지는 우곡의 머리를 낚아채 적진으로 던진 상관화가 노호성을 터뜨렸다.

"더러운 배신자들. 결단코 용서치 않는다!"

“제, 젠장. 무슨 놈의 화살이…….”

일광채주(日光寨主) 두굉(斗宏)은 미칠 지경이었다.

첫 화살이 날아들고 눈 깜짝할 사이에 무려 열두 명의 수하가 화살에 목숨을 잃었다.

그토록 날카로운 화살이 도대체 어디서 날아오는 것인지 감조차 잡을 수가 없었다.

소리가 들려왔을 땐 애들 장난감 같은 화살이 수하들의 목숨을 끝장낸 뒤였다.

손 써볼 틈도 없이 픽픽 쓰러지는 수하들을 보며 두굉은 어쩔 줄을 몰라 했다.

그사이 와호맹 휘하에 있는 기린채가 두굉이 지휘하고 있는 배에 올랐다.

“쯧쯧, 꼴들 하고는.”

기린채주 좌교(左喬)는 화살을 피하기 위해 납작 몸을 숙인 채 떨고 있는 적들을 보며 기막히다는 표정을 지었다.

“이거 유성대에게 술이라도 사야겠군.”

좌교는 일광채의 사기를 바닥으로 만들어 버린 유성대의 솜씨에 혀를 내둘렀다.

“모조리 쓸어버려!”

좌교의 명이 떨어지자 그를 따라 속속 배에 오른 기린채의 식솔들이 광기 어린 함성을 내지르며 달려들기 시작했다.

“마, 막아라!”

겨우 정신을 수습한 두굉이 악에 받친 소리로 외쳤지만 유성대로 인해 기세를 완벽히 빼앗긴 일광채의 수적들은 기린채의 상대가 되지 못했다.

근 이십여 척의 배가 한데 뒤엉켜 난전을 벌이는 가운데 비교적 작은 규모의 배 한 척이 외따로이 떠 있었다.

마치 한가로이 유람이나 나온 듯한 모양새.

그렇다고 그 배가 싸움에 참여하지 않는 것은 아니었다. 오히려 가장 적극적으로 참여하고 있었고 또 큰 공을 세우는 중이었다.

"멈추지 마라. 우리의 손끝에서 와호맹의 운명이 결정될 수 있다는 것을 명심해."

감온이 갑판을 오고가며 수하들을 독려했다.

"알고 있으니까 그만 좀 해. 정신 사납잖아."

누군가의 입에서 볼멘소리가 터져 나왔다.

사방에서 키득거리는 웃음이 들려오자 감온이 벌게진 얼굴로 소리쳤다.

"지금 웃음이 나와? 동료들은 목숨을 내놓고 싸우고 있는데."

"이봐, 대주. 너무 몰아붙이지 말라고. 그러다 오히려 역효과만 나는 수가 있어."

유성대의 최고 연장자 도한이 싱긋 웃으며 말하자 감온도 더 이상 화를 낼 수가 없었다.

"암튼 다른 것은 몰라도 제발 아군에게 쏘는 멍청한 짓은 하지 말자. 그런 놈이 있으면 아예 똥통에 파묻어 버릴 줄 알아."

말은 그리하면서도 감온은 대원들의 실력을 절대적으로 믿고 있었다.

와호맹의 다른 무력단체들과는 달리 오직 활 하나에 승부를 걸어야 하는 그들이기에 유성대는 한시도 연습을 게을리 하지 않았고 피나는 노력 덕에 지금은 와호맹의 그 누구도 무시하지 못하는 위치까지 올랐다.

"저쪽은 끝난 것 같은데?"

그들이 목표로 했던 배에서 깃발이 내려지는 것을 확인한 누군가가 말했다.

"그래? 그럼 이번엔 어디를 공략해 볼까나?"

감온의 말에 도한이 화살로 방향을 가리켰다.

"저쪽이 아무래도 물량에서 밀리는 것 같은데."

감온은 확인하지도 않고 곧바로 명을 내렸다.

"발사 준비."

나직한 음성이었지만 그의 음성이야말로 아군에게는 한줄기 빛이었고 적군에겐 사신의 속삭임과 같은 것이었다.

*   *   *

“싸움이 시작됐다고 합니다.”

두 눈을 감고 잠시 휴식을 취하고 있던 천인후가 가만히 눈을 떴다.

“전황은?”

“단심련은 물론이고 무화채에 주둔하고 있던 해사방 또한 와호맹의 거센 공격에 제대로 대응하지 못하는 것 같습니다.”

“당연한 일이겠지. 우리가 알고 있는 와호맹의 전력이라면 해사방 따위로는 어림도 없어. 아무튼 놀랍군. 와호맹이 이토록 빨리 움직일 줄은 몰랐어. 그곳에도 정세를 파악하는 능력이 제법 뛰어난 자가 있는 모양이야.”

“와호맹 군사가 와룡숙 출신이라 들었습니다. 나이는 어리나 꽤나 능력이 있다고 하더군요.”

천소강의 말에 천인후가 고개를 끄덕였다.

“그렇겠지. 아무리 실력자들이 모였다고는 하나 그들을 제대로 활용하는 것은 전적으로 군사의 능력. 와호맹이 지금처럼 급격히 성장하는 데는 그만한 이유가 있는 법이다.”

“그런데 조금 이상합니다.”

천소강이 곤혹스런 얼굴로 입을 열었다.

“뭐가 말이냐?”

“전령들 말로는 와호맹주의 모습이 보이지 않는다고 합

니다."

"뭐라?"

"그만이아니라 일도파산의 모습도 확인되지 않고 있습니다."

천인후의 얼굴이 심각하게 일그러졌다.

"일도파산이야 그렇다 쳐도 와호맹주라면 어제까지만 해도 저들과 함께 있다는 말을 들은 것 같은데?"

"그렇긴 합니다만 이번 싸움에서 아직까지 그 모습이 확인되지 않고 있습니다."

"변수로 작용할 가능성이 있겠군."

천우궁이 슬며시 끼어들었다.

"혹 지난번처럼 양동작전을 구사하는 것은 아닐까요?"

"양동작전?"

"예. 일전에 녹수맹과 싸울 때 양동작전으로 군산을 쳤다고 들었습니다."

천소강이 고개를 끄덕이며 동의했다.

"맞습니다. 녹수맹의 이목을 남진관에게 쏠리게 한 후, 와호맹주는 소수의 병력을 이끌고 녹수맹의 심장인 군산을 직접 쳤습니다. 효과는 확실했습니다. 당시의 공격으로 녹수맹주가 목숨을 잃었으니까요."

"이번에도 같은 방식이란 말이냐? 흠, 하면 단심련인가, 아니면 묵사도?"

“둘 다 가능성이 있습니다만 확실한 것은 와호맹주가 없다
는 것입니다.”

천소강의 말에 지금껏 흥미로운 표정으로 검을 손질하고
있던 한진이 말했다.

“뭘들 그리 심각하게 생각하세요. 차라리 기회지요.”

“무슨 소리냐?”

“양동작전을 구사한다는 것은 병력이 나뉘었다는 것을 뜻
하니 오히려 상대하기가 쉽지 않겠습니까?”

“하지만 단심련의 본진이나 묵사도가 당한다면…….”

“숙부님도 참, 쓸데없는 걱정을 하시긴요. 그래 봤자 수적
이나 해적들의 숫자 조금 줄어드는 겁니다. 중요한 것은 우리
가 이곳에 있다는 것. 둘로 나뉜 와호맹의 병력을 완벽하게
괴멸시킬 기회가 생겼다는 것이지요. 애당초 와호맹의 전력
에 비했을 때 해사방이나 단심련은 그저 숫자 채우기에 불과
해요. 놈들을 제대로 상대할 수 있는 것은 우리뿐입니다. 그
런데 전력이 분산되었다고 하니 얼마나 다행입니까? 각개격
파를 함으로써 큰 피해 없이 와호맹을 제압할 수 있게 되었으
니 말입니다.”

“이 녀석 말이 맞는 것 같기도 하군요.”

천우궁이 고개를 끄덕이며 천인후를 바라보았다.

“그렇다 해도 방심을 해선 안 될 것이다. 와호맹주와 일도
파산이라면 어떠한 능력을 보여줄지 모르는 것이니까. 어쨌

거나 진이 말대로 좋은 기회 같다. 빨리 움직이도록 하자꾸나. 단심련과 해사방의 피해도 줄일 수 있으면 차후의 싸움에 어느 정도는 도움이 될 테니까 말이다.”

“알겠습니다. 즉시 출발하도록 하겠습니다.”

천소강이 손짓을 하자 주변에 흩어져 편하게 휴식을 취하던 낙성검문의 문도들이 일제히 자리에서 일어났다.

곧 다가올 싸움에 대한 긴장과 기대감 때문인지 문도들의 눈빛은 차갑게 빛나고 있었다.

*　　　　*　　　　*

묵사도 서편.

경계를 서고 있던 사내 중 하나가 입이 찢어져라 하품을 해 댔다.

“하아암!”

“해가 중천인데 무슨 하품을 그리 요란하게 해.”

“그러게. 왜 이리 졸린지 모르겠네.”

“밤에 뭐하고? 계집이라도 끼고 놀았나?”

“계집 같은 소리 하고 있네. 이곳에 치마 두른 인간이 있기는 하냐? 식모하라고 데리고 온 놈들까지 모조리 사내놈뿐인데.”

“있기야 있지.”

“있어?”

사내가 깜짝 놀라며 묻자 동료의 목소리가 급격하게 작아졌다.

“소방주님 처소에선 밤낮을 가리지 않고 교성 소리와 신음이 흘러나온다고 하더라.”

“쯧쯧, 난 또 뭐라고. 소방주께서 묵사도를 떠나신 지 며칠이나 지났건만 그런 헛소리야?”

“아참, 그렇지. 그럼 방주님 처소에서 나는 소린가?”

“미친! 뒈지고 싶지 않으면 입조심 해. 잘못하다간 골로 갈 수 있어.”

“쳇, 말도 못하냐? 아무튼 부럽다. 누군 계집을 이불 삼아 덮고 있는데 우린 그저 이놈들에게 의지를 해야 하니.”

손가락을 활짝 피며 웃는 동료를 보며 사내는 이내 공감한다는 듯 키득키득 웃었다.

하지만 그 웃음이 끝나기도 전에 그들은 아무런 이유도 알지 못하고 쓰러지고 말았다.

그들이 서 있는 곳의 바위에서 뒤편에서 지난밤부터 미리 침투해 있던 월광대원 하나가 모습을 드러냈다.

바로 그 시각, 묵사도 곳곳에서 지금과 똑같은 일이 벌어지고 있었다.

“이른 아침부터 어인 행차인가?”

해사방주 채증이 주섬주섬 옷을 챙겨 입으며 물었다.

'이미 오시가 넘었거늘.'

독사거검(毒蛇巨劍) 안융(安隆)은 채증의 모습에 실소를 자아냈다.

"오시가 넘었습니다."

"허, 벌써 그리되었나?"

깜짝 놀란 채증이 고개를 설레설레 흔들었다.

"후~ 예전엔 안 그랬는데 아무래도 늙은 것 같군."

"그럴 리가요."

늙었다기보다는 주산군도를 통일한 이후, 몸이 거의 두 배나 늘었음을 상기한 안융이 살짝 웃어 보였다.

"아무튼 무슨 일인가?"

"두 번째로 보낸 병력이 무화채에 거의 접근을 한 모양입니다."

"그렇군. 그럼 무화채에 대충 얼마나 모인 것이지?"

"본 방의 인원이 삼백에 지원을 온 단심련 병력 사백까지 하여 대략 칠백여 명 정도가 집결하였습니다. 이차 병력이 거의 도착했다고 하니 백오십이 더 늘겠군요."

"그럭저럭 판은 마련된 것인가?"

안융의 이마에 주름이 팼다.

"부족하지 않겠습니까? 와호맹입니다."

"흥, 와호맹이 뭐 대수라구. 우린 해사방이야."

“방주님.”

“너무 걱정하지 말라니까. 놈들은 죽었다 깨어나도 우리를 이기지 못해. 무적의 패가 우리에게 있는 이상은.”

“예? 그게 무슨 말씀이신지…….”

이해할 수 없는 말에 안융이 고개를 갸웃거리자 채증이 나이에 어울리지 않는 개구진 웃음을 지어 보이며 물었다.

“궁금한가?”

“예. 궁금합니다.”

“차차 알게 될 것이네.”

“맹주님!”

안융이 자신도 모르게 언성을 높였다.

“하하하! 알았네. 내 말해주지.”

갑자기 웃음을 지운 채증이 슬쩍 좌우를 살피더니 안융에게 손짓을 했다.

“어르신께서 조력자가 있을 것이라 했네.”

안융이 화들짝 놀랐다.

“어르신께서요? 하면 그분이 직접 움직이시는 겁니까?”

안융은 군웅할거였던 해사방이 지금의 위치에 오르기까지 음과 양으로 지대한 도움을 주었던 공탁의 모습을 떠올렸다. 동시에 그가 부리는 막강한 수하들의 살벌한 모습까지도.

“아니. 그렇지는 않네. 대신 더욱 막강한 조력자가 우리를 돕는다는군.”

"그들이 누굽니까?"

안융이 답답한 표정을 지으며 물었다.

"낙성검문."

"낙… 성… 검문이요? 설마 제가 아는 낙성검문이 맞습니까?"

"아마도 그럴 것이네."

안융의 입이 쩍 벌어졌다.

"믿을 수가 없습니다."

"그렇겠지. 나 또한 어르신께 그 말을 듣곤 자네와 똑같은 반응을 보였으니까."

"혹 어르신께서 낙성검문의……."

안융이 말을 아낄 때 채중이 고개를 끄덕였다.

"나 역시 그런 생각을 하고 있네. 그게 아니라면 도대체가 그림이 나오지가 않아. 어쨌거나 낙성검문이라면 와호맹 따위는 문제될 것이 없겠지?"

"물론입니다. 다른 곳도 아니고 낙성검문입니다. 누가 감히 절강의 패자와 맞설 수 있겠습니까?"

"그러니까. 처음엔 어르신께서 하도 채근을 하셔서 내가 직접 나서기는 했지만 솔직히 과하다는 생각을……."

순간, 채중의 고개가 홱 돌아갔다.

깊게 패인 두 눈에서 날카로운 눈빛이 번뜩였다.

"방주님."

“문제가 있는 것 같군.”

그의 말이 끝나기도 전에 문이 벌컥 열리며 산귀가 들어섰다.

“무슨 일인가, 군사?”

안융이 얼른 물었다.

산귀가 하얗게 질린 얼굴로 대답했다.

“적입니다.”

*　　*　　*

“끝났습니다.”

“피해는?”

호태악이 피에 젖은 쌍부를 적의 시신에 쓰윽 문지르며 물었다.

“다섯이 당했습니다.”

두천행의 보고에 호태악의 얼굴이 살짝 찡그려졌다.

“등신들. 이따위 한심한 적을 치는데…….”

호태악의 신경질적인 반응에 두천행이 한숨을 내쉬었다.

이따위가 아니었다.

숫자는 황호대가 압도적으로 많았지만 오랫동안 분란이 끊이지 않던 주산군도를 통일한 해사방의 실력도 만만한 것은 아니었다.

동료들이 하나둘 쓰러지는데도 어찌나 악착같이 덤벼대는지 기가 질릴 정도였다.

"하긴, 이놈도 투지만큼은 대단했으니까."

호태악이 방금 전에 쓰러뜨린, 목숨이 끊어지는 순간까지 반항을 하던 적을 힐끔 바라보곤 고개를 끄덕였다.

"앞으로 세 곳이 남았던가?"

"예."

"가자. 시간이 없다."

호태악이 묵사도에서 피어오르는 검은 연기를 가리키며 말했다.

"아참, 그 녀석들은 잘 수습해 둬. 돌아가는 길에 데려가야 하니까."

"알겠습니다."

서둘러 물러나는 두천행의 뒷모습을 보며 호태악은 괜스레 바닥의 돌멩이를 걷어찼다.

"등신들."

어딘지 모르게 씁쓸함이 묻어나는 음성이었다.

조금 떨어진 곳에서 호태악을 바라보던 마독의 입가에 잔잔한 미소가 지어졌다.

*　　　*　　　*

월광대의 활약으로 묵사도의 경계병을 무사히 제거하는데 성공은 했지만 묵사도에 상륙하기 직전 유대웅 일행은 결국 해사방의 경계망에 걸리고 말았다.

상륙지점에 순식간에 병력이 모이고 상륙 자체가 불가능하다고 여겨질 찰나 유대웅이 힘차게 도약을 했다. 단숨에 칠팔 장을 뛰어오른 그가 강으로 추락을 할 때 그의 발밑으로 자우령이 던진 창이 날아들었다.

창의 힘을 빌려 재차 도약을 한 유대웅은 낙성폭망이라는 초식을 사용하여 주변에 무차별적인 공격을 감행했다.

반경 십여 장을 초토화시킨 검기의 해일이 멈추고 그가 땅에 발을 내딛었을 때 멀쩡히 서 있는 사람은 아무도 없었다.

해사방으로선 기가 막힐 일이었다.

단 한 번의 공격으로 아무런 반항도 해보지 못하고 무려 사십여 명이 목숨을 잃고 말았다.

공포감이 스멀스멀 피어오르기 시작했다.

하지만 그것은 시작에 불과했다.

우렁찬 외침과 함께 적진으로 뛰어든 유대웅이 닥치는 대로 초천검을 휘둘렀다.

거칠 것이 없었다.

그의 앞을 가로막은 무수히 많은 적 중에서 초천검을 제대로 받아내는 사람도 없었다.

"이, 이 무슨……."

채중은 눈앞에 벌어진 참상에 벌어진 입을 다물지 못했다.

난마처럼 얽힌 전장, 거의 사백여 명에 이르는 무인이 한데 뒤엉켜 싸우고 있었는데 누가 보더라도 승패는 결정 난 상태였다.

일방적인 학살.

당하는 쪽에서도 필사적으로 대항을 하는 것 같았지만 그들이 상대하는 적의 무위가 너무도 막강했다.

문제는 그렇게 당하는 자들이 다름 아닌 해사방의 수하들이라는 것에 있었다.

"저, 저놈은 누구냐?"

채중이 해사방에서도 꽤나 인정받고 있는 수하의 목을 단번에 날리며 유대웅을 보며 물었다.

"들고 있는 검이나 덩치도 그렇고 호면을 쓰고 있는 것으로 보아 와호맹의 맹주 같습니다."

산귀가 심각하다 못해 검게 썩어 들어가는 얼굴로 대답했다.

"와호맹주? 저놈이 왜 여기에 나타나? 분명 저쪽에 있다고 했잖아."

채중이 손가락으로 서쪽 하늘을 가리키며 소리쳤다.

"그, 그것이 아무래도 놈들의 기만술에 당한 듯합니다. 일전에 녹수맹과……."

"망할!"

　육중한 손으로 산귀의 얼굴을 밀어버린 채증이 안융에게
물었다.

“막을 수 있겠나?”

“…….”

“제길.”

채증이 이빨을 부득 갈았다.

“혼자 안 되면 합공을 해서라도 막아! 병신같이 뭣들 하는
거야. 당장 움직이지 않고.”

채증이 안융과 몇몇 장로에게 소리를 질렀다.

흥분을 했는지 막말이 튀어나왔음에도 그것을 의식하는
사람은 아무도 없었다.

안융과 장로들이 우르르 전장으로 뛰어들자 죽음의 울타
리에 갇혀 있던 해사방도들이 구원이라도 받은 듯 일제히 함
성을 내질렀다.

하지만 안융과 장로들은 금방 발걸음을 멈출 수밖에 없었
다. 그들 앞을 자우령과 단혼마객이 가로막았기 때문이었다.

“일… 도파산.”

누군가의 입에서 신음과도 같은 말이 흘러나왔다.

‘저자는 누구지?’

안융은 평온하기 그지없는 자우령과는 달리 무시무시한
살기를 뿜어내고 있는 단혼마객을 곤혹스런 표정으로 바라보
았다.

'고수다. 그것도 상상할 수 없을 정도로 막강한.'

와호맹 인물들에 대해선 거의 파악하고 있었지만 자우령과 버금가는 고수가 있다는 말은 들은 적이 없었다.

그것이 그를 불안하게 만들었다.

불안은 곧 현실이 되었다.

휘류류륭.

단혼마객을 중심으로 불어 닥친 회오리가 안융과 장로들을 향해 살벌하게 몰아쳤다.

단순한 회오리가 아니었다.

바람에 스친 옷이 찢어지고 피부가 쩍쩍 갈라졌다.

그들은 전력을 다해 내력을 일으켜 몸을 보호하고 나서야 그 바람의 영향에서 벗어날 수 있었다.

선기를 빼앗기는 순간 끝장이라는 위기감에 사로잡힌 안융이 초천검만큼이나 거대한 검을 필사적으로 휘둘렀다.

묵빛 검신에서 뿜어져 나온 검기가 회오리를 단숨에 가르고 단혼마객을 노렸다.

동시에 두 명의 장로가 좌우에서 합공을 했다.

단혼마객은 미처 반응을 하지 못하는 것처럼 보였다.

누가 봐도 위기였다.

빠져나갈 구멍은 전혀 보이지 않는 절체절명의 위기.

멀리서 지켜보던 채중이 자신도 모르게 주먹을 꽉 움켜쥘 때 단혼마객의 입가에 비릿한 미소가 걸렸다.

단혼마객의 어깨가 움찔한다고 느껴지는 순간, 오랜 세월 오직 복수를 위해 피나는 노력으로 완성해 낸 단천삼십육검이 펼쳐졌다.

강렬한 충돌음과 함께 엄청난 충격파가 사위를 휩쓸고 스치기만 해도 뼈도 흔적도 없이 사라질 절도로 무지막지한 검기가 난무했다.

안융과 장로들도 쉽게 당하지 않았다.

죽이지 못하면 죽는 상황.

물러설 곳이 없는 지금 오직 상대를 쓰러뜨리는 것만이 유일한 생로였다.

단천삼식육검의 빠르고 화려하며 맹렬한 공세에 맞서 그들 역시 평생을 바쳐 연마한 절학들을 모조리 쏟아냈다.

꽈꽈꽈꽝!

폭음과도 같은 충돌음이 연속적으로 터져 나왔다.

그들의 모습은 주변에서 피어오른 흙먼지로 인해 보이지도 않았다. 그저 연속적으로 터져 나오는 충돌음과 악에 받친 외침과 기합, 고통의 신음 소리만이 그들의 치열한 싸움을 짐작하게 할 뿐이었다.

그러던 어느 순간, 외마디 비명과 함께 두개의 물체가 허공으로 치솟으며 그토록 격렬했던 싸움이 거짓말처럼 멈추었다.

툭. 툭.

약간의 시차를 두고 힘없이 땅에 떨어진 것은 안융을 도와 단혼마객을 공격하던 장로들의 머리였다.

털썩.

안융의 무릎이 힘없이 꺾였다.

난도질당한 전신에서 피가 솟구쳤다.

초점이 흐려진 눈이 단혼마객을 쫓았다.

단혼마객은 또 다른 장로와 마주하고 서 있었다.

단혼마객이 뻗은 검은 장로의 가슴을 꿰뚫은 채였고 고개를 떨군 장로는 아무런 움직임도 없었다.

"큭!"

안융의 입에서 터져 나온 것은 실소였다.

상대가 강한 것은 알았지만 네 명이서 합공을 하고도 이토록 힘없이 패할 줄은 생각지도 못했기에 터져 나온 웃음이었다.

쨍그랑.

안융의 손에서 검이 떨어졌다.

검과 함께 육중한 그의 몸이 앞으로 고꾸라졌다.

무표정한 얼굴로 적의 가슴에 박힌 검을 뺀 단혼마객이 크게 숨을 들이켜며 거칠어진 호흡을 가다듬었다.

왼쪽 어깨와 옆구리, 허벅지 쪽에 부상을 당했지만 목숨을 걱정할 정도는 당연히 아니었고 움직이는 데에도 크게 무리는 없을 것 같았다. 상대가 해사방의 장로들이라는 것을 감안하면 그 정도는 부상이라고 할 수도 없는 것이었다.

단혼마객이 천천히 고개를 돌리며 자신처럼 협공을 당하고 있을 자우령을 찾았다.

"하아!"

단혼마객의 입에서 감탄인지 아니면 단순한 한숨인지 모를 신음이 흘러나왔다.

자우령은 이미 그의 상대를 모조리 쓰러뜨리고 오연한 자세로 전장을 바라보고 있었다.

峽三山巫
第六十八章
격전(激戰) 1

“애썼다.”

그다지 감정이 묻어 있지 않은 음성이었지만 한교는 기쁜 얼굴로 고개를 숙였다.

“감사합니다.”

“어르신들은 잘 계시고?”

“예. 할아버지께서 안부 말씀 여쭈라 하셨습니다. 조만간 한번 다녀간다고 하시더군요.”

“그래? 오랜만에 뵙겠구나. 알았다.”

고개를 끄덕이는 한호의 얼굴에선 반가움보다는 오히려 귀찮음이 묻어 나왔다.

그런 부친의 반응에 한교는 지그시 주먹을 움켜쥐었다.

"쯧쯧, 애써 고생하고 돌아온 아들을 어찌 그리 냉랭하게 대하시는 겁니까?"

소숙이 혀를 차며 책망하자 한호가 억울하다는 표정으로 고개를 치켜들었다.

"제가요? 설마요."

"에휴."

짧게 고개를 흔든 소숙이 부드러운 눈길로 한교를 바라봤다.

"네 활약은 충분히 들었다. 산동악가의 장로들을 둘씩이나 쓰러뜨렸다지?"

"운이 좋았습니다. 사조님."

한교가 공손히 대답했다.

한호가 소숙을 대함에 있어 사조의 예를 다하라 어릴 적부터 엄명을 내린 데다가 소숙에게 이런저런 많은 것을 배웠던 한교는 소숙에게 더없이 정중했다.

"다른 곳도 아니고 산동악가다. 운이 좋다고 되는 일이 아니지. 생각보다 많은 노력을 했구나."

부친 앞에서 이어지는 연이은 칭찬에 한교는 밝은 얼굴로 고개를 숙였다.

"감사합니다."

"그렇다고 자만을 해서는 안 될 것이다. 배워야 할 것도,

해야 할 일도 많아."

"명심하겠습니다."

"인사는 그쯤 했으면 되었으니 이제 그만 물러가거라."

한호의 명에 한교는 감히 토를 달지 못하고 정중히 인사를 한 후 물러났다.

방문이 닫히고 한교의 기척이 사라지자 소숙이 잔뜩 찡그린 얼굴로 말했다.

"엄하게 대하는 것만이 능사는 아닙니다."

"또 왜 그러십니까?"

"칭찬을 할 때는 제대로 칭찬을 하시란 말이지요."

"칭찬을 했습니다."

"그게… 관두지요."

더 말을 해봤자 입만 아프다고 여긴 소숙이 고개를 흔들었다.

"한데 어쩐 일로 부르신 겁니까?"

"낙성검문이 움직였다는 보고가 들어와서요."

한호가 건넨 서찰을 빠르게 읽은 소숙이 약간은 굳어진 얼굴로 말했다.

"상황을 짐작해 보건대 오늘 중으로 충돌이 있을 것 같군요. 어쩌면 이미 시작되었는지도 모르고요."

"예."

"와호맹이 생각보다 빠르게 움직이는 바람에 해사방의 전력이 조금 나뉘었다니 어쩌면 그것이 변수가 될 수도 있겠습니다."

"그 정도로 변수가 될까요?"

"미세한 차이가 큰 결과를 불러올 수도 있으니까요."

"그렇지만 결과는 변하지 않겠지요?"

소숙이 단호히 대답했다.

"물론입니다. 와호맹의 전력이 막강한 것은 사실이나 누가 뭐라 해도 낙성검문입니다. 와호맹으로선 상상도 할 수 없는 큰 적을 만난 셈이지요. 걱정하지 않으셔도 될 것입니다."

"걱정은 하지 않습니다. 그저 흥미로운 뿐."

*   *   *

"흥, 제법 잘 피하는군."

혈륜마왕의 움직임이 생각보다 빨라 뇌우는 비아냥거리는 말을 내뱉고는 연속적으로 창을 찔렀다.

섬전보다 빠른 창이 혈륜마왕의 미간을 노리고, 목을 노리고, 가슴을 노렸다.

핏빛보다 붉은 혈륜으로 짓쳐드는 창날을 막아내면 이내 방향을 바꿔 어깨를, 단전을, 허벅지를 찔러왔다.

혈륜마왕은 눈으로 쫓기가 불가능할 정도로 빠르고 날카로우며 현란하게 움직이는 영사금창을 막기 위해 지닌 바 모든 힘을 다 쏟아냈다.

하지만 숨 쉴 틈도 없이 밀려드는 뇌우의 공세에 밀려 반격은 꿈도 꾸지 못한 채 겨우겨우 목숨을 부지하고 있었다.

"이 빌어먹을 영감탱이! 죽어랏!"

혈륜마왕의 위기를 목도한 풍월당주 악자귀가 후미에서 뇌우를 공격했다.

악에 받친 악자귀의 외침과 함께 도신에 치렁치렁 장신구를 매단 대감도가 뇌우의 머리를 향해 일직선으로 내려꽂혔다.

최대한 빨리 혈륜마왕을 격살하기 위해 심혈을 기울였던 뇌우는 갑작스런 악자귀의 공격에 잠시 동안 수세에 빠질 수밖에 없었다.

비록 악자귀와 혈륜마왕의 무공엔 많은 차이가 있었지만 죽음을 각오하고 덤비는 악자귀의 기세는 결코 무시할 수준이 아니었다.

악자귀 덕분에 간신히 위기를 벗어난 혈륜마왕도 곧바로 합세했다.

피리리리링!

두 개의 혈륜이 대기를 찢어발기며 뇌우를 노렸다.

좌우에서 짓쳐드는 핏빛 그림자에 급히 숨을 들이켠 뇌우가 교묘히 발걸음을 놀려 악자귀의 공격을 흘려 버리고 창을 빙글빙글 돌리며 지척에 이른 혈륜을 간신히 막아냈다.

영사금창에 막힌 혈륜이 튕겨나는 듯하다가 다시금 날아들고 이를 놓칠세라 악자귀도 연거푸 대감도를 휘둘렀다.

둘의 위협적인 합공에도 뇌우에게선 한 치의 흔들림도 보이지 않았다. 오히려 더욱 맹렬하게 반격을 가하니 합공을 하는 입장에서도 함부로 모험을 할 수가 없었다.

일대일의 대결에선 일방적으로 밀렸던 혈륜마왕이 악자귀의 도움으로 나름 대등한 싸움을 벌이니 해사방으로선 그것만으로도 천만다행이라 할 수 있었다.

그렇게 반각의 시간이 흘렀다.

치열한 공방은 여전히 계속되고 있었으나 승패는 거의 드러나 있었다.

"빌어먹을!"

연이은 공격을 막느라 혼신의 힘을 다했던 악자귀가 다리에 힘이 풀렸는지 비틀거리고 이를 놓치지 않은 창날이 그의 어깨를 꿰뚫었다.

"크악!"

악자귀의 입에서 고통에 찬 비명이 터져 나왔다.

비명이 끝날 즈음 어느새 접근한 뇌우의 무릎이 악자귀의 얼굴을 강타했다.

비명은 없었다.

안면이 완벽하게 함몰된 악자귀의 몸이 허공으로 붕 뜨며 날아가 무참히 처박혔다.

혈륜마왕이 그의 위기를 보며 다급히 혈륜을 날렸지만 빈 허공을 가를 뿐이었다.

악자귀를 끝장낸 뇌우가 괴소를 터드리며 혈륜마왕을 향해 창을 돌렸다.

'끝장이군.'

악자귀와 협공을 하면서도 어쩌지 못한 상대였다.

혈륜마왕의 얼굴에 죽음의 그림자가 드리워졌다.

"저, 저!"

해사방의 소방주 채탁은 혈륜마왕의 목이 날아가는 것을 보며 공포심에 어쩔 줄을 몰라 했다.

현재 와호맹과 싸우고 있는 이들 중에서 가장 뛰어난 무공을 지닌 혈륜마왕이 목숨을 잃었다는 것은 더 이상 뇌우를 막을 수 없다는 것을 의미했고 그건 곧 구절신금 또한 감당하지 못한다는 것을 의미했다.

혈륜마왕에 버금가는 몇몇 고수가 선전을 하고 있었지만 그들 역시 발이 묶인 상태였다. 문제는 그들이 제대로 활약을 하지 못하는 사이 수하들이 백호대와 적호대에게 완벽하게 밀리고 있다는 것이었다.

주산군도를 일통하는 과정에서 많은 실전 경험을 쌓은 해사방도들이었지만 그들을 상대하는 백호대는 역시 평소에 하는 훈련 자체가 실전을 방불케 할 정도로 위험했고 경험 또한 만만치 않게 쌓았다.

백호대보다는 다소 부족해도 적호대의 활약도 대단했는데 그들은 대주인 하백의 지휘 아래 마치 하나의 생명체처럼 일사불란하게 움직이며 적들을 상대했다.

일대일 승부가 많았던 백호대보다 개화검진과 십방철검진을 적절히 배합하며 싸운 적호대가 적에겐 오히려 더 많은 피해를 주면서 아군의 피해는 훨씬 더 적었다.

"지원군은? 곧 도착한다던 지원군은 언제……."

무화채 좌측에서 들려온 거대한 외침은 두려움과 공포에 질려 소리치던 채탁에게 비친 한줄기 빛과 같았다.

"도, 도착했습니다."

채탁의 곁에서 그를 보좌하던 수하가 기쁨에 겨워 대답했다.

그러나 기쁨도 잠시였다.

지원군의 도착으로 다시 힘의 균형을 맞출 것 같았던 전장의 상황이 와호맹으로 기운 것은 금방이었다.

그 활약의 중심엔 지금껏 활약이 뜸했던 금완이 있었는데 자우령의 도움으로 웅풍금가의 무공을 완벽하게 부활시킨 그의 무위는 지원군을 이끌고 온 적의 수장을 단 오 초 만에 쓰러뜨리는 것으로 증명되었다.

멀리서 이를 지켜보던 뇌우가 금완의 무공이 자신과 비교해 조금도 부족하지 않다는 것에 고개를 설레설레 흔들 정도였다.

제대로 싸움도 해보기도 전에 수장이 목숨을 잃었으니 나머지 병력의 사기는 그야말로 바닥을 기었고 한번 꺾인 기세는 좀처럼 회복하지 못했다.

"아무래도 일단 피하시는 것이 좋겠습니다."

원목의 말에 채탁이 도끼눈을 부릅떴다.

"나보고 비겁하게 도망을 치라는 것이냐? 이 많은 수하를 두고?"

"만일의 사태에 대비하고자 함입니다."

채탁의 살벌한 기운에도 원목은 그다지 겁을 먹지 않았다. 오랫동안 곁을 지키며 그의 성격을 완벽하게 꿰뚫고 있기 때문이었다.

"제가 소방주님의 마음을 어찌 모르겠습니까? 도망을 치시라는 것은 아닙니다. 단지 지금은 조금 뒤로 물러나 계시는 것이 좋다고 말씀드리는 겁니다. 일단 소방주께서 무사하셔야 반격을 하더라도 할 수 있지 않겠습니까?"

"음, 듣고 보니 일리가 있다. 알았다. 네 말대로 하지. 조금만 물러나서 지켜보도록 하자."

사실상 도주를 결정한 채탁의 말에 원목은 안도의 한숨을 내쉬었다. 싸움의 결과야 어찌 되었든 채탁을 무사히 지켜야만 자신도 목숨을 연명할 수 있었다.

하지만 그들이 몸을 돌리기 전, 이번 싸움의 가장 큰 변수라 할 수 있는 낙성검문이 마침내 그 모습을 드러냈다.

＊　　　＊　　　＊

"푸드드득!"

와호맹에 속한 수채들이 단심련을 거세게 몰아붙이는 것을 기분 좋게 바라보던 감총오는 사도초 어깨 위에 내려앉는 전서구를 보며 알 수 없는 불안감에 휩싸였다.

"어디서 온 것이냐?"

"맹에서 왔습니다."

가슴 한 편이 서늘해졌다.

"어서."

감총오가 손을 뻗자 사도초가 전서구의 발목에서 빼낸 서찰을 건넸다.

서찰을 읽어 내려가는 감총오의 얼굴이 딱딱하게 굳었다.

손끝이 부들부들 떨렸다.

천천히 고개를 들어 전장에 도착한 적을 보는 감총오의 눈동자는 공포로 물들어 있었다.

"무슨……."

"다, 당장 퇴각 신호를 보내라."

"예?"

사도초가 깜짝 놀라자 감총오가 버럭 소리를 질렀다.

“어서 퇴각 신호를!”

감총오의 다급한 음성에서 상황이 심각함을 느낀 사도초가 즉시 신호를 보내고 이어 곳곳에서 깃발이 치켜 올라갔다.

“이쪽이 아니라 저쪽이다.”

감총오가 가리킨 곳은 장강이 아니라 무화채였다.

사도초가 강변 쪽으로 신호를 보내자 곧이어 날카로운 경적 소리가 무화채에 울려 퍼졌다.

“배를 강변으로 붙여라.”

감총오가 다급히 외쳤다.

삐이이익!

난데없는 퇴각소리에 압도적으로 적을 몰아붙이고 있던 백호대와 적호대는 당황하지 않을 수 없었다. 이유를 몰라 다들 어리둥절한 표정으로 수장인 조건과 하백의 명만을 기다렸다.

이유를 모르긴 조건과 하백 역시 마찬가지였다. 그러나 이미 명령이 떨어진 이상 따라야 했다.

“퇴각하랏!”

조건과 하백이 동시에 퇴각 명령 내리자 백호대와 적호대는 즉시 싸움을 멈추고 일사불란하게 물러나기 시작했다.

오직 죽음만을 기다리고 있던 해사방은 와호맹의 돌발 행동에 의심을 하면서도 한편으론 살았다는 안도감에 한숨을 내쉬었다.

"왔구나!"

막 도주를 하려던 채탁은 낙성검문의 등장에 환호작약했다.

낙성검문의 참전에 대해 뒤늦게 들어 알고 있던 원목도 안색이 밝아졌다.

"이 병신들아! 뭣들 해? 당장 공격해랏!"

낙성검문의 등장에 기세등등해진 채탁이 앞으로 뛰쳐나오며 소리쳤다.

겨우 살았다는 안도감에 한숨 돌리고 있던 해사방도들은 뒤늦게 뛰쳐나와 설쳐대는 채탁에 원망 섞인 눈들을 하고 있었다.

"소방주님이 오셨다. 다들 정신들 차렷!"

"놈들이 도주한다. 뒤를 쫓아라!"

채탁이 등장하자 곳곳에서 싸움을 독려하는 외침이 터져나오고 명령을 거부할 경우 어떤 처벌을 받는지 알고 있는 해사방도들은 전열을 재정비하기 시작했다.

해사방이 겨우 전열을 가다듬고 있을 때 아무런 이유도 모른 채 퇴각하던 와호맹은 오히려 그들의 퇴로가 막혀 버리는 웃지 못할 상황에 처하게 되었다.

그것도 대규모 병력이 아니라 고작 사오십에 불과한 인원이었는데 퇴로를 확보하기 위해 기세 좋게 달려가던 백호단원들이 순식간에 목숨을 잃으며 분위기가 급전직하했다.

"네놈들은 누구냐?"

동료의 피에 흥분하여 뛰쳐나가려는 수하들을 간신히 말린 조건이 앞으로 나서며 물었다.

"그냥 조력자라고 해두지."

백호대원 둘의 목숨을 거둔 천소강이 씨익 웃으며 대답했다.

'좋지 않다.'

조건은 본능적으로 눈앞의 상대가, 그리고 그 뒤에 포진하고 있는 자들의 기세가 심상치 않음을 느꼈다. 특히 엄청난 병력의 차이에도 불구하고 여유롭게 웃고 있는 천소강의 몸에서 느껴지는 기운은 숨이 막힐 정도였다.

"조력자라면 적이라는 얘기군."

조건으로선 역부족이라는 생각을 한 금완이 조용히 다가오며 말했다.

"아무래도 그렇겠지."

금완의 기세가 만만치 않다고 느꼈는지 천소강의 얼굴에서 웃음이 사라졌다.

그사이 감총오가 보낸 전령과 마주한 뇌우와 허금도는 그로부터 기겁할 만한 얘기를 전해 들었다.

"낙성검문이라고? 아니, 그들이 왜?"

"그건 잘 모르겠습니다. 하지만 맹에서 온 전서구에는 낙

성검문이 참전할 가능성이 크니 무조건 퇴각하라는 전갈이
왔습니다.”

“낙성검문이라면 당연히 그래야겠지.”

허금도가 낭패한 표정으로 고개를 끄덕였다.

“빌어먹을! 상황을 보니 그마저도 틀린 모양이군.”

천소강과 금완이 대치하는 것을 확인한 뇌우가 영사금창
을 꽉 움켜잡았다.

“일전을 피할 수 없을 것 같구나. 하지만 너무 걱정 말거
라. 네가 알다시피 와호맹은 강하다.”

허금도가 당황하는 전령의 어깨를 가볍게 두드리며 몸을
돌렸다.

그의 눈에 보무도 당당히 다가오는 천인후의 모습이 보였
다.

“유성검이 이곳까지 어인 일이오?”

천인후가 흠칫 놀란 얼굴로 허금도를 바라보았다.

자신이야 허금도의 품에 안긴 현현금을 확인했기에 상대
가 구절신금이라는 것을 확인할 수 있었지만 서로 얼굴을 익
힌 사이도 아님에도 바로 자신을 알아보는 것이 의아스러웠
다.

“노부가 유성검인 것은 어찌 알았소?”

“검의 명가 낙성검문, 그리고 유성검의 명성이 사해를 울
리건만 모르는 것이 더 이상하지 않겠소?”

허금도의 말엔 유성검을 치켜올림과 동시에 낙성검문과 같은 명문이 어찌하여 해사방과 연관된 것인지에 대한 책망이 에둘러 표현되어 있었다.

그것을 모를 리가 없는 천인후였다.

그렇다고 그걸 드러낼 사람도 아니었다.

"허허! 구절신금께서 시골구석에 처박혀 있는 본문을 너무 후히 평가를 해주시는 것 같아 몸 둘 바를 모르겠소이다."

"낙성검문의 명성이야 모르는 것이 오히려 이상한 일. 한데 아직 물음에 답을 하지 않으셨소이다."

잠시 말을 끊은 허금도가 냉랭한 표정으로 물었다.

"이곳에 어인 일이시오?"

허금도의 차가운 태도에도 천인후의 여유로운 태도엔 변화가 없었다.

천인후가 부드럽게 미소 지으며 대답했다.

"와호맹을 지우러 왔소이다."

　　　　　*　　　　*　　　　*

"아무리 생각해도 낙성검문이 어째서 파양호에 나타난 것인지 이해를 할 수가 없습니다."

장청이 산더미처럼 쌓여 있는 자료들을 바라보며 머리카락을 움켜쥐었다.

하오문의 도움을 받아 짧은 시간 동안 낙성검문을 분석해 보았지만 알면 알수록 그들의 행보는 의문 그 자체였다.

"이 많은 자료를 살펴봐도 해사방과 낙성검문의 연결고리가 도무지 보이지 않습니다. 혹여 제가 놓친 것이 있는 것입니까?"

장청이 답답함을 이기지 못하고 항몽에게 물었다.

답답한 것은 항몽 또한 마찬가지였다.

그녀 역시 장청과 함께 낙성검문에 대해 분석해 보았지만 아무런 결과를 얻지 못했다.

항몽의 곁을 지키던 좌장로와 우장로 또한 연신 고개를 흔들었다.

"어쨌든 큰일입니다. 만약 낙성검문이 해사방을 돕는다면……."

좌장로가 눈치를 보며 말끝을 흐렸다.

"그러지 않기를 바라야지요. 맹주님과 태상장로님이 계신다면 모를까 전력이 분산된 상황에서 낙성검문과 싸운다는 것은 그야말로 자살행위나 다름없으니까요."

장청이 온몸을 부르르 떨었다.

확신을 못할 뿐이지 낙성검문이 누구를 노리고 파양호에 나타난 것인지 장청은 물론이고 방에 있는 모두는 이미 직감하고 있었다.

"그쪽 어르신들께서도 잘 아실 거예요. 무리한 싸움은 피하시겠지요. 전서구도 보냈고."

항몽이 걱정스런 얼굴로 장청을 달랬다.

"전서구가 먼저 도착을 했을까요? 낙성검문이 처음부터 작심을 했다면, 해사방과 연계가 된 것이라면 아마도 퇴로를 차단하고 움직이려 할 터인데 무사히 빠져나올 수나 있을지……."

지금껏 많은 역경 속에서도 늘 냉정함을 잃지 않았던 장청은 마치 딴 사람이 된 것처럼 얼이 빠진 표정이었다.

"후~ 제발 그러기를 바라야지요."

항몽의 입에서 안타까운 탄식이 터져 나왔다.

더 이상 위로를 하는 것 자체가 무리라 여길 만큼 상황은 심각했다.

"혹시 말입니다."

사도진이 조심스레 입을 열었다.

"무슨 하실 말씀이라도 있나요?"

항몽이 물었다.

"예. 문득 떠오르는 것이 있기는 합니다만 워낙 터무니없는 것이라……."

"말씀해 보십시오."

장청이 힘없이 말했다.

"두 분께서 말씀하신 대로 해사방과 낙성검문은 아무런 연관이 없습니다. 물론 해사방의 근거지라 할 수 있는 주산군도

와 낙성검문이 위치한 소흥이 비교적 가까운 거리에 있기는
하지만 지금껏 별다른 충돌도 없던 것으로 압니다. 한마디로
두 세력 사이에 뭔가 연관될 수 있는 것이 없다는 건데 결과
적으로, 물론 아직은 확실하지는 않습니다만, 아무튼 그들은
와호맹을 노리고 함께 움직였습니다. 누가 보더라도 연합을
한다고 여길 정도로 시의적절하게 말이지요. 하나의 가정을
세워보았습니다.”

장청과 항몽이 숨을 죽였다.

지금까지는 서론에 불과했고 지금부터가 사도진이 하고자
하는 말임을 의식한 것이다.

“해사방이 장강일통을 원할 수는 있습니다. 그런데 문제는
낙성검문이 장강일통을 원하는 이유를 생각하지 못하겠습니
다. 여기서 바로 보이지 않는 손, 또는 우리가 알지 못하는 세
력이 있는 것은 아닌지 생각해 보았습니다. 만약 누군가 해사
방을 움직일 수 있고 심지어 낙성검문까지 움직일 수 있는 힘
이 있다면 어떻습니까? 해사방과 낙성검문의 세력은 결코 작
은 것이 아닙니다. 그럼에도 불구하고 하오문의 날카로운 정
보력에도 노출되지 않을 정도로 완벽하게 그들을 장악한 세
력이 있다면, 그리고 바로 그들이 장강일통을 원한다면 가능
한 일이 아니겠습니까?”

“허허! 자네 말대로 다소 과장된 건 맞는 것 같군. 해사방
은 몰라도 낙성검문은 그리 쉬운 문파가 아닐세. 그 적은 인

원으로 절강성의 패자로 인정받는 이들이야. 그들을 굴복시킬 수 있는 세력이 과연 몇이나 될 것 같은가?"

그래도 나름 기대를 했던 우장로가 약간은 실망한 표정으로 물었다.

"당장 떠오르는 곳은 무림삼세 정도지. 하나, 그들이 장강을 노린다면 다른 곳에서 가만있을 리가 없지. 서로를 집요하게 감시하는 그들이 상대방의 움직임을 모를 리가 없어. 가령 혈사림에서 장강을 취하려 하는데 마황성이 두고 볼 것 같은가? 정도맹은? 다소 무리가 있는 생각 같군."

좌장로도 고개를 흔들며 우장로의 말에 동의했다.

그들의 반박에 당연하다는 듯 고개를 끄덕인 사도진이 다시금 입을 열었다.

"그들조차 파악하지 못하고 있는 자들이 있지 않습니까? 사사천교라는 생각도 못한 거대세력을 암중으로 움직이는 자들이요. 그들이라면 원하는 목표를 얻기 위해서라도 장강을 반드시 취하려 할 수 있지 않겠습니까? 특히 그다지 부담없는 해사방을 내세워서요."

장청과 항몽의 얼굴이 동시에 하얗게 변했다.

"장군가!"

좌장로와 우장로도 서로 놀라 바라보았다.

"가능… 성이 있다고 보십니까?"

장청이 항몽에게 조심스레 물었다.

항몽은 되려 장청에게 물었다.

"군사님은 어찌 생각하시나요?"

"억측일 수 있습니다만 전혀 부정할 수는 없다고 봅니다. 그만큼 낙성검문의 출현은 뜻밖이었으니까요."

"장군가라면 그만한 능력이 충분히 되고도 남으리라 봅니다. 아무래도 면밀히 조사를 해봐야 할 것 같군요."

항몽의 말에 장청이 땅이 꺼져라 한숨을 내쉬었다.

"일단은 무사하기만을 빌어야지요. 조사는 그다음입니다."

*   *   *

"쿨럭!"

격렬한 기침과 함께 채증의 입에서 시꺼멓게 변색된 피가 줄줄 흘러내렸다.

육중했던 그의 몸이 천천히 무너져 내린 것은 그 핏속에서 내장조각이 보이기 시작할 무렵이었다.

채증을 무릎 꿇린 단혼마객은 그의 앞에서 피곤에 지친 모습으로 격하게 숨을 내뱉고 있었다.

그는 단천삼십육검의 파상적인 공세를 무려 백여 초 이상을 버텨낸 채증의 무위에 상당히 놀라고 있었다.

단혼마객은 한 단체의 우두머리와는 어울리지 않는 채증

의 육중한 체구를 보며 금방 싸움을 끝내리라 생각했다.

하지만 한 걸음만 내딛어도 땀을 삐질 흘리고 주저앉을 것 같았던 채중의 몸은 그 어떤 고수보다 빨랐고 교묘한 변화까지 있어서 공격이 그다지 효과적이지 않았다.

무엇보다 그를 놀라게 만든 것은 채중이 지닌 외공이었다.

처음 공격을 성공했을 때, 단혼마객은 검끝에서 느껴지던 불쾌한 느낌을 지울 수가 없었다.

세상에 외문기공을 익힌 자들은 많았다.

도검불침(刀劍不侵)의 금강지체(金剛之體)와 수화불침(水火不侵)의 불괴지체(不壞之體)의 능력을 한 몸에 지닌다는 전설의 경지 금강불괴(剛不壞).

금강불괴를 꿈꾸는 자들은 육체의 몸을 극대화시키려고 노력했고 뼈를 깎는 수련 덕에 경지의 차이는 있으나 공통적으로 단단한 육체를 지니게 되었다.

한데 채중은 아니었다.

외문기공을 익힌 것은 틀림없었다.

단천삼십육검을 온몸을 받아냈으면서도 멀쩡하게 목숨이 붙어 있는 것으로 그것을 증명했다.

한데 채중의 몸은 결코 단단하지 않았다. 오히려 물러도 너무 물렀다. 심지어 단천삼심육검의 공세마저도 강하게 튕겨 내는 것이 아니라 슬그머니 흡수해 버릴 정도로 물렀다.

그 육신의 부드러움(?)을 깨기 위해 단혼마객은 그야말로 전력을 다해야 했고 내력이 바닥을 칠 때까지 채증과 치열한 공방전을 벌여야 했다.

채증은 무릎을 꿇은 자세 그대로 고개를 돌렸다.

곳곳에서 수하들의 비명 소리가 들려왔다.

절로 눈이 감겼다.

수하들과 주산군도를 통일해 가던 과정이 주마등처럼 지나갔다.

외마디 비명과 더불어 더 이상 아무런 비명도 들려오지 않을 때 채증의 감겼던 눈이 떠졌다.

단혼마객 앞에 호면을 쓴 유대웅과 자우령이 함께 서 있었다.

"끝난 건가?"

"그렇소."

"그렇… 군."

"욕심이 과했소. 장강은 그리 만만한 곳이 아니오."

유대웅이 천천히 호면을 벗었다.

생각보다 젊은 유대웅의 모습에 잠시 놀란 채증이 살짝 어깨를 들썩였다.

"그런 것 같군. 너무 쉽게 생각했어."

"조금만 빨리 깨달았으면 좋았을 것이오."

잘못된 판단으로 인해 너무도 많은 피를 본 유대웅이 진심으로 안타까워했다.

"이해를 잘못했군. 내 말은 내 욕심으로 너무 서둘렀다는 말이야. 네 말대로 너무 쉽게 본 것이지."

"신중했어도 결과는 같았을 것이오."

"아니. 틀림없이 달랐을 것이다. 쿨럭! 쿨럭!"

연이어 피를 토한 채중이 입가에 묻은 피를 쓰윽 닦으며 말을 이었다.

"이긴 것 같나? 천만에! 나도 신중하지 못했지만 와호맹 또한 신중하지 못했다. 이곳을 치기 위해서였겠지만 병력을 나눈 것은 치명적인 실수다."

"실수라고 생각하지 않소. 사람들이 알고 있는 것보다 와호맹은 훨씬 더 강하니까."

자부심 섞인 유대웅의 말에 채중이 코웃음을 쳤다.

"강하다는 것은 인정한다. 솔직히 이 정도일 줄은 상상도 못했으니까. 병력이 나뉘지 않았다면, 어쩌면 네 말이 맞을지도 모르지. 하지만 그대와 일도파산이 이 자리에 있다는 것만으로도 승부는 이미 끝났다. 아무도 살아남지 못할 것이다."

채중의 말이 도무지 이해가 가지 않았던 유대웅은 그의 말을 죽음의 공포를 이기지 못하고 늘어놓는 헛소리라 여겼다.

그러나 옆에서 듣던 자우령은 아니었다.

"단심련과 해사방 이외에 다른 놈들이 있더냐?"

"크크크! 역시 연륜은 속일 수 없는 것이로구려."

채중이 어깨를 들썩이며 웃었다.

“누구냐?”

“어차피 지금 알아봤자 소용도 없는 일. 곧 알게 될 터이니 궁금해도 참으시구려. 크하하하!”

채중의 웃음소리에 자우령의 검미가 꿈틀거리고 동시에 단혼마객 검이 가차없이 그의 목을 날렸다.

“신경 쓰지 마십시오. 헛소리입니다.”

단혼마객으로 하여금 채중의 목숨을 거두게 한 유대웅이 일고의 가치도 없다는 듯 고개를 흔들었다.

바로 그때, 서쪽 하늘에서 전서구가 모습을 드러냈다.

“음.”

입에서 짧은 신음이 흘러나왔다.

유대웅은 자신도 모르게 주먹을 꽉 움켜쥐었다.

*　　　*　　　*

파파팍!

바닥을 가르며 짓쳐 드는 검기의 위력은 낙성검문의 후계자로서 부족함이 없었다.

상대의 실력을 느낀 것인지 금완도 신중히 검을 휘둘렀다.

허공에서 부딪친 검기의 여파로 인해 주변이 온통 흙먼지로 뒤덮였다.

천소강이 나직한 신음을 내뱉으며 물러났다.

흔들리는 몸을 수습하기도 전에 금완의 검이 허벅지를 노리며 날아들었다.

천소강이 몸을 회전시키며 급히 검을 휘두르고 순간, 허벅지를 노리던 금완의 검이 갑자기 방향을 바꿨다.

"빌어먹을!"

욕설을 내뱉은 천소강이 검을 수직으로 내려찍으며 금완의 검을 쳐 냈다.

하지만 이미 늦었다.

금완의 검이 그의 옆구리를 훑고 지나갔다.

눈이 부릅떠질 정도의 극통을 느낀 천소강의 허공으로 몸을 띄웠다. 그리곤 허리에 차고 있던 요대를 벗어 휘둘렀다.

"십면추혼(十方追魂)!"

차가운 외침과 함께 요대에 숨겨져 있던 손바닥만 한 비수 수십 자루가 반원형을 그리며 쏘아졌다.

갑작스런 공격에 금완의 얼굴이 딱딱하게 굳었다.

피할 곳은 없었다.

금완은 즉시 검을 움직였다.

그의 몸을 중심으로 수십 자루의 검영이 모습을 보였다.

땅! 따땅!

검영에 부딪친 비수가 힘없이 튕겨져 나갔다.

그러나 교묘하게 검영을 피한 비수가 금완의 어깨와 옆구리를 훑고 지나갔다.

　다행히 치명적인 부상은 없었으나 그것만으로도 상당한 손해를 본 셈이었다.

　"낙성검문에는 검귀들이 즐비하다고 하더니 그 말이 맞는 모양이군. 이렇게 조그만 비수까지 자유자재로 사용하는 것을 보면 말이야."

　금완이 어깨에서 흘러내리는 피를 지혈하며 말했다.

　금완의 조롱에 천소강의 얼굴이 살짝 붉어졌다.

　위급한 상황을 벗어나기 위함이긴 해도 어찌 보며 암습을 한 것이나 마찬가지였으니 낙성검문의 얼굴에 먹칠을 했다고 해도 과언이 아니었다.

　"낙성검문의 진정한 검을 보여주지."

　천소강이 전의를 가다듬으며 검을 치켜세웠다.

　"얼마든지."

　금완이 비릿하게 웃으며 자세를 잡았다.

　팔뚝에 박힌 암기를 꺼내 든 한진의 얼굴에 한기가 돌았다.

　암기에 묻은 피를 살짝 혀로 핥은 뒤 원래의 주인을 향해 던졌다.

　쐐애액!

　날카로운 파공성과 함께 낙성검문이 참전했음을 알고 단심련과의 싸움을 뒤로하고 황급히 무화채에 합류한 감총오의 미간으로 혈독비침이 폭사되었다.

멍하니 바라보는 감총오.

이휘가 두 눈을 부릅뜨고 소리쳤다.

"위험합니다!"

소용이 없었다.

방금 전, 공격으로 이미 감총오는 거의 모든 진력을 허비했다.

당가에서 얻은 혈독비침으로 그나마 목숨을 연장할 수 있었으나 사실상 그는 더 이상 움직일 힘이 없었다.

이휘는 주저없이 검을 던졌고 다행히 감총오를 노렸던 혈독비침을 막아낼 수 있었다.

그것으로 위기가 끝난 것은 아니었다.

애당초 혈독비침 따위로 승부를 끝낼 생각이 없었던 한진은 이미 허공을 날고 있었다.

감총오는 자신의 정수리로 내려꽂히는 검을 보면서도 아무런 행동도 하지 못했다.

한진의 검이 감총오에게 작렬했다.

머리에서 발끝까지 양단을 당한 감총오는 아무런 비명도 남기지 못하고 허무하게 쓰러졌다.

시뻘건 핏줄기가 사방으로 솟구쳤다.

감총오의 몸에서 솟구친 피로 인해 온몸이 흠뻑 젖은 한진이 감총오의 이름을 부르짖는 이휘를 향해 고개를 돌렸다.

"이, 이럴 수가!"

이휘는 눈앞의 상황이 도저히 믿기지 않는다는 표정으로 한참이나 감총오의 시신을 바라보았다.

바로 그때, 그의 귓가에 조용히 들려오는 음성이 있었다.

"이제 겨우 장로 하나인가? 큭, 그래 봤자 고작 수적 떼의 장로에 불과하니 악가의 장로 둘을 때려잡은 형과 비교가 되겠군. 츕, 분발해야겠어."

'아, 악가의 장로? 때려잡아?'

생각이 정리가 되기도 전, 이휘의 면전에 한진이 얼굴을 들이밀었다.

"합공이 깨져서 안타까운 것은 알겠는데 그래도 계속해야지 않겠소?"

씨익 웃는 한진의 얼굴에 이휘는 전신에 소름이 돋는 것을 느꼈다.

파스스스슷!

대기를 갈가리 찢어발기는 듯한 가공할 파공성과 함께 무시무시한 검기가 뇌우를 노렸다.

"후!"

연거푸 공격을 퍼부어도 좀처럼 활로는 보이지 않고 시간이 가면 갈수록 공격마저 버거운 느낌이었는데 자신을 노리며 짓쳐드는 검기를 보게 되자 절로 한숨이 흘러나왔다.

그래도 밀릴 수는 없었다.

술에 취한 듯 흐느적거리며 발걸음을 움직이고 다시금 기세를 잡겠다는 각오로 영사금창을 움직이는 뇌우.

전력을 다했기에 결과를 믿어 의심치 않았다.

하지만 자신의 창이 상대의 공격에 무력하게 튕겨져 나가는 것을 보며 뇌우는 두 눈을 부릅뜰 수밖에 없었다.

그것도 잠깐이었다.

밀리면 끝장이라는 위기감의 그의 전신을 휘감았다.

"타핫!"

뇌우가 왼쪽 발을 힘차게 내딛으며 창을 찔렀다.

발목까지 움푹 파일 정도로 단단히 몸을 고정시키고 허리와 어깨의 탄력을 최대한 이용한 찌르기였기에 그 힘은 말로 표현할 수 없을 정도였다.

지금껏 수세적인 입장에서 뇌우의 실력을 살폈던 천인후가 정면대결을 피하지 않았다.

맹렬히 회전하는 창끝을 지그시 살피던 천인후의 어깨가 움찔하는가 싶더니 어느새 검끝이 일직선으로 쏘아져 나가고 있었다.

창과 검.

둘 사이의 거리다 단숨에 좁혀졌다.

창을 든 뇌우가 절대적으로 유리하다고 생각되는 순간, 천인후의 몸이 사라졌다.

뇌우의 날카로운 눈이 천인후를 쫓았다.

허공에 몸을 띄운 천인후는 검과 하나가 되어 그의 품으로 날아들고 있었다.

이미 창은 허공을 찌른 상태였다. 그에 반해 검신일체(劍身一體)가 된 천인후는 빛살과도 같은 움직임으로 쇄도하고 있었다.

"망할!"

뇌우의 입에서 다급한 외침이 터져 나오고 그는 영사금창을 좌우, 사선으로 빙글빙글 돌리며 방어했다.

뇌우의 어깨에서 피가 튀었다.

천인후의 검이 영사금창의 방어막을 뚫고 공격에 성공한 것이다.

하지만 생각보다 미미한 피해에 천인후의 미간이 찌푸려졌다.

숨을 고른 천인후가 재차 공격을 시작했다.

파스스슷!

섬뜩한 파공성과 함께 천인후의 검이 뇌우의 심장을 노리며 접근했다.

검에 앞선 한줄기 검기가 빛살처럼 날아들었다.

뇌우가 비조경사(飛鳥驚蛇)라는 초식을 사용해 상대의 공격을 좌측으로 흘리고 천인후의 옆구리를 수평으로 베어왔다.

천인후가 손목을 틀자 빠르게 방향을 바꾼 검이 영사금창과 정면으로 충돌했다.

꽝!

뇌우의 무시무시한 힘에 천인후가 한참이나 튕겨져 나갔다.

주변에서 싸움을 지켜보던 와호맹 사람들은 튕겨져 나간 천인후의 모습에서 뇌우가 상당한 이득을 얻은 것이라 판단했다.

하나, 그들의 예상은 완벽하게 어긋났다.

천천히 걸어오는 천인후를 바라보며 뇌우는 이를 악물었다.

방금 전, 천인후의 몸을 날릴 때 영사금창을 통해 아무런 느낌도 전해오지 않았다. 허공을 가를 때와 별다른 차이가 없었다는 것은 곧 천인후가 창의 진행 방향으로 슬쩍 몸을 맡겼다는 의미였다.

적에게 농락당했다는 수치심 때문인지 얼굴이 벌겋게 달아오른 뇌우가 연속적으로 공격을 펼쳤다.

꽝! 꽝! 꽝!

공격이 이어질 때마다 주변의 땅이 황폐화되고 수목이 부러져 나갔다.

그들의 싸움에 휘말려 큰 부상을 당하는 자들도 속출했다.

그렇게 매서운 공격에도 천인후는 당황하지 않았다.

침착하게 검을 놀리며 성난 파도와도 같은 뇌우의 공격을 유연하게 피해냈다.

연이은 공격의 실패에도 뇌우는 포기를 몰랐다.

오히려 더욱 매섭게, 천인후에게 숨 돌릴 틈도 주지 않겠다는 듯 혼신의 힘을 다해 몰아붙였다.

끊임없이 이어지는 공격에 천인후의 몸에 조금씩 상처가 생겨났다. 비록 치명적인 부상은 없었지만 그렇다고 가볍게 여길 상처도 아니었다.

그 과정에서 뇌우가 입은 부상은 천인후에 비할 바가 아니었다.

'이제 마지막이다.'

더 이상은 공격할 여력이 없었다.

뇌우가 최후의 힘을 짜내 영사금창에 실었다.

팔과 함께 몸 뒤쪽으로 살짝 이동하는 영사금창.

'찌르기?

상대의 기세가 심상치 않음을 느낀 천인후가 긴장된 표정으로 상대를 응시했다.

쿵!

내딛는 발걸음에 지축이 울렸다.

휘류류류릉!

쏘아져 나오는 영사금창의 주변에 가공할 화염을 담은 회오리가 몰아쳤다.

염화폭(炎火爆)!

뇌우가 시전할 수 있는 최후이자 최고의 절초였다.

천인후의 얼굴이 일그러졌다.

숨이 턱턱 막혔다.

날카로운 강기에 갈가리 찢길 것 같았고 뜨거운 열기에 온몸이 녹아내릴 것 같았다.

상대는 목숨을 걸었다.

그렇다면 자신 역시 목숨을 걸어야 했다.

지그시 눈을 감은 천인후가 그를 향해 들이치는 뜨거운 화염을 향해 검을 던졌다.

뇌우의 공격에 비하면 보잘것없는, 미미한 반항에 불과해 보였다.

승리를 예감한 와호맹의 무인들이 두 주먹을 불끈 쥐었다.

화염의 소용돌이가 천인후의 검을 집어삼켰다.

하지만 소멸을 시키지는 못했다.

천인후의 의지가 담긴 검은 화염과 끊임없이 부딪치며 전진을 시작했다.

검의 움직임을 막기 위해 온몸의 내력을 쏟아내는 뇌우의 표정은 처참했다. 그에 반해 천인후는 비교적 여유가 있었다.

'아, 안 돼!'

조금이라도 밀리면, 화염을 뚫고 들어오는 검을 막지 못하면 끝장이라는 절박함에 뇌우는 무인으로서 금기되는 원천지기까지 사용하는 무리수를 두었다.

전신의 살이 쩍쩍 갈라지고 뼈마디가 부서지는 고통이 따르고 칠공에서 피가 흘러내렸지만 뇌우는 포기하지 않았다.

터져 나오는 비명을 참기 위해서, 목구멍을 타고 넘어오는 울혈을 억지로 삼키기 위해 뇌우는 맞닿은 이빨들이 부러져 나갈 정도로 입을 꽉 다물었다.

그러나 뇌우의 처절한 반항에도 불구하고 화염의 회오리를 묵묵히 뚫어낸 검에서 눈부신 광채가 뿜어져 나오기 시작하더니 이내 모든 것을 잠식하기 시작했다.

그토록 강렬하게 피어났던 화염이, 태산이라도 짓뭉개 버릴 것만 같았던 소용돌이마저도 검에서 뿜어져 나온 광채에 힘을 잃었다.

"아!"

뇌우의 처절한 탄식.

그 탄식의 끝에서 그는 의식을 잃었다.

第六十九章
격전(激戰) 2

뇌우와 천인후의 대결이 끝을 보일 무렵 천우궁과 허금도의 대결도 그 절정을 향해 치닫고 있었다.

치열하게 치고받았던 뇌우와 천인후의 경우와는 달리 두 사람의 대결은 너무도 부드러웠다.

직접적으로 치고받는 것은 물론이거니와 오 장 이내로 접근한 경우도 없었다.

허금도는 가부좌를 틀고 앉아 무릎 위에 현현금을 올려놓고 탄주에 집중했고 천우궁은 그와 조금 떨어진 곳에서 홀로 검무를 추고 있었다.

두 사람 사이에 술상만 있었다면 마치 한 폭의 그림과도 같은 광경이었다.

생과 사가 갈리고 살기 어린 외침과 고통의 비명이 울리는 주변과는 전혀 어울리지 않는 너무도 평온한 분위기였지만 조금 전, 정신없이 치고받다가 한데 엉켜 두 사람 사이에 끼어들었던 백호대원과 낙성검문의 제자가 현현금이 흘러나온 음파에 칠공에서 피를 흘리고 쓰러지고 천우궁이 그 음파를 막아내기 위해 뿜어낸 기세에 갈가리 찢기는 것을 목도한 이들은 두 사람이 얼마나 치열하게 싸우고 있는지 비로소 깨닫게 되었다.

물론 두 사람 사이에 얼씬도 하지 않는 것은 당연했다.

'후~ 버겁군.'

현현금을 퉁기는 허금도의 안색은 부드러운 현현금의 곡조와는 어울리지 않게 어두웠다.

지그시 감은 눈을 뜨고 자신이 발출한 음파를 모조리 막아내는 천우궁을 보며 그는 자신도 모르게 그 옛날, 자우령과의 대결에서 아무것도 못해보고 힘없이 무릎을 꿇었던 기억을 떠올렸다.

'그 친구도 웅풍곡(雄風曲)만큼은 버거워했지.'

웅풍곡은 위력이 큰 만큼 시전자에게도 큰 부담이 되었다.

그래도 선택의 여지가 없었다.

띠리링.

청아한 음색의 곡조가 주변을 부드럽게 휘감았다.

아름다운 곡조가 중첩이 되며 마치 사랑하는 연인을 보듬듯 그렇게 주변을 동화시켜 나갔다.

천우궁은 조금 전과는 어딘지 모르게 이질적인 음색에 긴장을 감추지 못했다.

허금도의 손길이 조금 빨라지니 곡조 또한 빨라지기 시작했다. 높고 낮은 음이 어우러지며 서서히 그 강도를 높여갔다.

'음.'

천우궁은 신기루처럼 펼쳐지는 영상에 침을 꿀꺽 삼켰다.

다른 사람은 전혀 보지 못하겠지만 그의 눈에는 너무도 뚜렷하게 보였다.

군마(軍馬)였다.

자신을 향해 천천히 진군하는 무수한 군마.

힘차게 투레질을 한 군마가 조금씩 속도를 높이며 진군하기 시작했다.

그야말로 폭풍의 서막!

땅! 땅! 땅!

현현금에서 흘러나온 곡조가 급격하게 빨라지며 천지를 개벽하는 굉음으로 변해갔다.

가공할 음파가 주변을 휩쓸었다.

지금까지와는 비교도 할 수 없는 음파가 말 그대로 주변을 초토화시키며 그 위력을 극대화하고 있었다.

"으아악악!"

"컥!"

난전을 펼치던 이들, 무방비로 음파에 노출된 이들이 고통의 비명을 지르며 곳곳에서 쓰러졌다.

피아 구분할 것도 없이 앞을 가로막는 모든 것을 단숨에 짓밟은 군마가 사방에서 조여오는 것을 느끼며 천우궁도 검을 고쳐 잡았다.

천우궁의 검이 느리게 회전을 하며 희뿌연 기류를 뿜어냈다.

십방금쇄(十方金鎖).

검의 움직임에 따라 부드럽게 움직이던 기류가 강기막을 이루며 천우궁의 몸을 물샐틈없이 보호하기 시작했다.

꽝!

군마들이 강기막과 부딪치기 시작했다.

꽝! 꽝! 꽝!

무순한 군마가 강기막을 무력화시키기 위해 들이닥쳤다.

현현금을 튕기는 허금도의 손이 보이지 않을 정도로 빠르게 움직이고 곡조는 최고조로 향했다.

노도처럼 밀려드는 군마의 힘에 의해 천우궁을 보호하고 있던 강기막이 크게 흔들렸다.

천우궁의 정신이 아득해지며 몸이 휘청거렸다.

'으으으!'

온몸의 살이 찢어지고 뼈마디가 가닥가닥 끊어지는 고통을 참기 위해, 흐릿해지는 정신을 일깨우기 위해 천우궁은 입술을 깨물었다. 비릿한 혈향이 입에 퍼지고 잠시 흔들렸던 강기막이 다시금 힘을 되찾았다.

천우궁을 쓰러뜨리기 위해 허금도도 필사적이었다.

입은 물론이고 눈과 코, 귀에서까지 피가 흘러내리고 있음에도 그는 탄금을 멈추지 않았다.

그렇게 시간이 흐르고 마침내 승부의 추가 한쪽으로 기울기 시작했다.

그토록 무수했던, 도저히 끝이 보이지 않던 군마의 돌격이 눈에 띄게 약해졌으나 군마의 위세에 위태롭기만 하던 강기막은 여전히 천우궁을 보호하고 있었다.

승리가 목전에 있음을 깨달은 천우궁이 마음을 다잡을 때, 외마디 비명과 함께 허금도의 상체가 급격히 숙여지며 현현금에 엄청난 양의 피를 토해냈다.

순간, 천우궁은 그토록 지겹게 자신을 노렸던 군마가 씻은 듯이 사라지는 것을 느끼며 승리를 직감했다.

"쿨럭, 쿨럭."

미친 듯이 기침을 하며 피를 토하던 허금도가 힘겹게 상체를 일으켰다.

오연한 자세로 서 있는 천우궁을 보며 허금도는 허탈하게 웃었다.

최선을 다했어도 아쉬움은 남지만 부끄럽지는 않았다.

허금도의 눈이 뇌우를 쫓았다.

천인후의 검에 영사금창이 양단되는 것을 본 허금도의 눈이 절망으로 가득했다.

허금도가 전장으로 눈을 돌렸다.

낙성검문을 상대로 아직까지는 잘 버티고 있었지만 상황이 극도로 좋지 않았다.

허금도의 얼굴에 결연한 빛이 떠올랐다.

몸은 이미 만신창이가 되어 더 이상의 여력은 없었지만 오직 한 번 탄금을 할 힘은 남아 있었다.

허금도가 최후의 힘을 손끝에 모았다.

천우궁은 허금도의 움직임을 보면서도 굳이 움직이려 하지 않았다. 어차피 끝난 싸움의 마지막 발악이라 느낀 것이다.

어느 순간, 허금도의 눈이 자신이 아닌 낙성검문의 제자들에게 향한 것을 확인한 천우궁의 눈이 경악으로 부릅떠졌다.

땅!

그것이 허금도의 마지막 탄금이었다.

결과를 보고 싶었지만 그럴 수가 없었다.

천우궁이 날린 검이 섬전처럼 날아와 가슴 깊이 박힌 것이다.

후회는 하지 않았다.

　자신은 마지막까지 최선을 다했고 수하들을 살리는 데 조금이라도 일조한 것이면 충분했다.
　그런 허금도를 보며 천우궁은 망연자실한 표정을 지었다.
　"이럴 수가!"
　그의 눈에 아무런 영문도 모른 채 목숨이 끊긴 제자들의 시신이 들어왔다.
　허금도의 마지막 탄금을 막지 못하는 바람에 무려 일곱 명의 제자가 목숨을 잃은 것이다.

　"크하하하하! 공격, 공격해랏!"
　수하들을 독려하는 채탁의 음성이 무화채를 쩌렁쩌렁하게 울렸다.
　조금 전까지 목숨을 부지하기 위해 수하들을 버리고 도주를 하려 했던 모습은 찾아볼 수가 없었다.
　채탁이 기세를 올려도 좋을 만큼 전황은 급변했다.
　낙성검문이 도착하기 전까지 해사방은 상당한 병력의 우위에도 변변한 대항을 해보지 못하고 일방적으로 밀렸다.
　나름 해사방의 정예라고 하는 자들이 백호대와 정면으로 부딪치게 되자 수준의 차이가 확연하게 났고 적호대원들이 펼치는 검진에 학살에 가까운 피해를 당했다.
　그런데 갑작스레 등장한 낙성검문으로 인해 모든 것이 변했다.

숫자는 백여 명이 조금 넘었지만 그들이 지닌 무력은 무시
무시했다.

그들과 가장 앞서 충돌했던 백호대의 피해가 치명적이었
다.

대주의 일사불란한 지휘에 따라 집단전을 즐기는 적호대
와는 달리 개개인의 승부를 좋아했던 백호대는 낙성검문의
제자들과 정면으로 맞부딪쳤다.

결과는 참담했다.

일각도 안 되는 시간 동안 삼분지 일에 가까운 인원이 목숨
을 잃었고 부상자가 속출했다.

백호대의 공백을 책임진 것은 하백이 지휘하는 적호대였
다.

개화검진과 십방철검진으로 무장한 적호대는 확실히 강했
다.

개개인의 실력은 낙성검문은 물론이고 백호대와 비교해도
손색이 있었지만 개인이 아니라 집단으로 뭉치자 거침없이
질주하던 낙성검문의 진격이 멈칫했다.

그렇다고 전세가 다시 뒤집힌 것은 아니었다. 그저 잠시 발
을 묶는 것이 전부였다.

백호대와 적호대가 연동하여 필사적으로 낙성검문을 막는
동안 감찰단과 집법단에 속한 이들은 채탁이 지휘하는 해사
방을 막았다.

그쪽도 상황은 좋지 않았다.

백호대와 적호대에 무참하게 당한 해사방은 그들 나름대로 복수의 기회를 잡은 셈이었고 그 기회를 놓치지 않기 위해 죽을힘을 다해 공격을 했다.

채탁이 길길이 날뛰며 독려를 한 것도 영향을 끼쳤지만 특히 감찰단과 집법단에 속한 이들의 인원과 실력이 백호대와 적호대에 비해 많이 부족했기에 적에게 이길 수 있다는 자신감을 심어준 것이 컸다.

'큰일이다.'

온몸을 피로 물들인 채 수하들을 지휘하던 조건의 안색이 참담하게 일그러졌다.

전황은 좀처럼 나아지지 않았다. 아니, 시간이 가면 갈수록 악화일로를 걸었다.

수하들은 지칠 대로 지쳤고 초반의 피해로 인해 사기 또한 바닥이었다.

적호대의 상황도 마찬가지였다.

하백 이하, 모든 대원이 한마음으로 눈부신 선전을 펼쳤지만 피해는 점점 누적되고 있었다.

무엇보다 심각한 것은 이런 심각한 상황을 타개할 인물이 없다는 것이었다.

어떠한 상황에서도 압도적인 힘으로 수하들을 이끌었던 뇌우와 허금도는 승부를 점칠 수 없는 강적과의 대결하고 있었고 금완 또한 적과 치열한 접전을 펼치고 있었다.

"대, 대주님."

극심한 혼란속에 삼조장 등솔이 다가왔다.

"무슨 일이냐?"

"태, 태상호법께서……."

"태상호법께서 왜?"

조건이 등솔의 어깨를 움켜쥐며 물었다.

"치명적인 부상을 당하셨습니다."

조건의 얼굴이 하얗게 질렸다.

"마, 말도 안 돼!"

"저와 조원들이 겨우 모시기는 했는데 위중하십니다."

"……."

조건이 얼이 빠진 표정을 짓고 있자 등솔이 소리를 질렀다.

"대주님!"

그제야 정신을 차린 조건이 고개를 좌우로 세차게 흔들며
말했다.

"지금 이 순간부터 너희는 후미로 빠져라. 무슨 일이 있어
도 무사히 모셔야……."

무엇을 본 것인지 다급히 명을 내리던 조건의 두 눈이 경악
으로 물들었다.

좌측에서 이휘와 함께 어떤 애송이와 치열하게 싸움을 하
던 감총오가 허무하게 목숨을 잃은 것을 본 것이다.

두근. 두근.

심장이 미친 듯이 뛰었다.

뭔가 모를 역한 것이 목구멍으로 역류했다.

위기였다.

지금껏 겪어보지 못한 위기감이 전신을 휘감았다.

허금도의 상황을 알지는 못하지만 뇌우가 목숨이 위태로울 정도의 부상을 당할 정도라면 그쪽 상황 또한 미루어 짐작이 갔다.

감총오도 목숨을 잃었고 감찰단주이자 무사부였던 이휘마저 목숨을 장담키 힘들었다.

유일하게 건재한 사람이 금완이었는데 상대적인 우위일 뿐 아군을 도와줄 상황은 결코 아니었다.

즉시 싸움을 멈추고 물러나야 했다.

'하지만 퇴로가 없다.'

퇴로 중 하나를 낙성검문이 막고 있었고 다른 하나는 해사방이 점령하고 있었다. 그들을 뚫지 않고는 퇴로를 확보할 방법이 없었다.

그때 조건을 부르는 소리가 들렸다.

"대주님."

"무슨 일이냐?"

"저희 대주께서 말씀을 전하라 하셨습니다."

"적호대주가? 말해라."

"이 상태론 전멸을 면치 못할 터이니 백호대가 해사방을 뚫고 퇴로를 확보해야 한다고 하셨습니다."

"하지만 낙성검문이……."

"낙성검문은 적호대가 어떻게든 막아보겠다고 하셨습니다."

"음."

고민할 시간도 없었다.

입술을 꽉 깨문 조건이 고개를 끄덕였다.

"알았다. 백호대가 퇴로를 확보한다고 전해라."

"알겠습니다."

적호대의 전령이 즉시 몸을 돌렸다.

"신호를."

조건의 말에 등솔이 경적을 꺼내 불고 잠시 후, 백호대원들이 하나둘 전선을 이탈하더니 조건의 주위로 몰려들었다.

"퇴로를 확보한다. 뚫어라."

조건의 명이 떨어지기가 무섭게 움직이는 백호대.

그들의 등장에 퇴로를 차단하고 있던 해사방은 당황하지 않을 수 없었다. 낙성검문과의 싸움으로 인해 많은 수가 줄었다지만 감찰단과 집법단 대원들과는 비교도 되지 않을 정도로 강력한 무위를 지닌 백호대원들은 그들에게 공포 그 자체였다.

"무, 물러서지 마라. 공격해!"

채탁이 떨리는 음성으로 소리쳤다.

바로 그때, 아래쪽 후미에서 함성이 들려왔다.

채탁의 고개가 홱 돌아가고 그의 눈에 무서운 기세로 달려오는 일단의 무리가 들어왔다.

"저놈은!"

무리의 선두에 선 사내가 복우산에서 악연이 있었던 상관화임을 확인한 채탁이 이를 부득 갈았다.

"역시 와호맹에 처박혀 있었구나."

"저쪽에서 올라오는 것을 보니 단심련이 무너진 모양입니다."

원목이 장강에서 들려오는 함성이 조금씩 잦아드는 것을 느끼며 말했다.

"병신들! 고작 그거 버티고. 뭐 하나 제대로 하는 것이 없어."

"그래도 병력은 얼마 되지 않습니다."

"일단 틀어막아."

"알겠습니다."

원목이 수하들에게 손짓을 하며 단심대를 맞이하기 위해 움직였다.

단심대에 이어 기린채의 모습도 보였다.

감총오는 장강의 전선을 이탈하기 전에 무화채의 상황을 알리고 지원을 요청했는데 장강에서 완전히 승기를 잡은 것을 확인한 단심대와 기린채가 곧바로 상륙을 한 것이다.

그리고 그들 바로 뒤에 천군만마나 다름없는 유성대가 따라붙었다.

"크아악!"

단심대를 막으려고 움직이던 해사방의 병력이 갑자기 쓰러지기 시작했다.

원목은 힘없이 고꾸라지는 수하들 몸에 조그만 화살이 하나씩 박혀 있는 것을 확인하곤 전신에 소름이 돋았다.

와호맹 유성대에 익히 소문을 들었지만 이 정도로 날카롭고 위력적인 화살을 날릴 줄은 생각도 못한 것이다.

유성대의 지원 덕에 단숨에 전장에 도착한 단심대와 기린채의 병력이 해사방의 후미를 공격하기 시작했다.

그들의 등장에 가장 기뻐한 사람은 최대한 빨리 퇴로를 확보해야 했던 조건이었다.

"지금이다. 퇴로를 확보해랏!"

조건의 외침에 상관화는 무화채의 상황을 곧바로 확인할 수 있었다.

'그 정도까지 몰렸던가?'

퇴로조차 제대로 확보를 못해 고전을 할 정도라는 것에 경악한 상관화는 단심대의 전력을 한곳에 집중하며 해사방의 포위망을 뚫었다.

"대주님."

상관화의 외침에 조건이 검을 치켜올렸다.

"자네가 왔군. 고맙네."

"대체 이게 어찌 된 겁니까?"

"자세한 얘기는 나중에 하도록 하지. 우선은 이곳을 벗어나는 것이 급선무일세."

조건은 단심대가 뚫어낸 퇴로를 견고히 하며 병력을 서서히 철수시켰다.

퇴로를 끊기 위해 노도처럼 달려드는 해사방과 치열한 혈전을 벌이던 상관화는 저 멀리 한진에게 목숨을 위협받고 있는 이휘를 발견하곤 곧바로 자리를 이탈했다.

쐐애액!

날카로운 파공을 느낀 한진이 몸을 홱 돌리며 물러났다.

그가 물러난 자리를 날카로운 도기가 훑고 지나가며 땅바닥에 거친 생채기를 냈다.

"단주님!"

"도, 도망……."

이휘는 자신을 향해 달려오는 상관화에게 손짓을 했다.

하지만 어느새 그의 곁으로 달려온 상관화는 그를 따라온 수하에게 이휘를 맡기고 한진에게 칼을 겨눴다.

한진은 단심대원에게 업혀 도망가는 이휘를 힐끗 바라보다 고개를 돌렸다. 비록 끝을 보지는 못했지만 어차피 단전이 파괴된 이상 목숨을 건져 봐야 폐인이 될 뿐이었다.

조금 떨어진 곳에서 지켜보던 풍도가 슬며시 따라붙자 슬쩍 한마디를 던졌다.

"그만둬."

"하지만 공자님께 독을……."

"그는 아니야. 독을 쓴 자가 어찌 되었는지는 봤잖아."

"알겠습니다. 한데 독은……."

"설마하니 내가 독에 당할까 봐? 이거 실망인데. 내가 그리 믿음을 못 줬나?"

"죄, 죄송합니다, 공자님."

풍도의 목이 잔뜩 움츠러들자 한진이 너털웃음을 지었다.

"그래도 쬐끔은 영향이 있어. 아무튼 됐으니까 이제 그만 물러나. 손님을 너무 기다리게 하는 것도 예의는 아니야."

한진이 상관화를 향해 고개를 돌렸다.

"자, 우리의 잡설은 여기까지 하고. 그대는 누구지?"

"그러는 너는 누구냐?"

"나? 저쪽 집 자손이지."

한진이 엄지손가락으로 어깨 뒤편을 가리켰다.

'낙성검문의 후손이로군.'

상관화는 멋대로 한진의 정체를 단정했다.

"당신은?"

"상관화다."

"상관화라면… 단심련?"

　상관화가 침묵으로서 긍정하자 한진의 입가에 웃음이 걸렸다.

　"단심련에 숨은 인재가 있다고 했는데 바로 당신이었군. 어떤 실력을 지녔을지 기대가 되는걸."

　"마음껏 지껄여라."

　한진과 대화를 하면 할수록 어딘지 모르게 주눅 드는 것이 기분 상했던 상관화가 다짜고짜 공격을 감행했다.

　그로 하여금 단심련의 잠룡으로 만들어준 낙뢰도법이었다.

　상관화의 낙뢰도법은 상대하기가 무척이나 까다로웠다.

　어떤 형식이나 격식, 틀이 잡혀 있지 않음에도 동작 하나하나에 결코 무시하지 못할 강맹한 힘을 담고 있었다.

　정면 대결을 피하고 슬쩍슬쩍 피하면서 낙뢰도법을 살피는 한진의 얼굴에도 이채가 떠올랐다.

　그러나 잠시 잠깐뿐이었다.

　한진의 날카로운 눈은 상관화의 허점을 금방 짚어냈다.

　"흠, 분명히 위력적인 무공이기는 하나 어딘가 이상해. 제대로 배운 것 같지가 않단 말이야. 그냥 어깨 너머로 배운 건가? 그렇게 생각하기엔 또 예사로운 구석이 보이기도 하고. 하지만……."

　말끝을 흐린 한진의 눈빛이 확 달라지면서 지금껏 수세적인 입장을 버리고 역공을 시작했다.

쩌쩡!

단 한 번의 공격에 손아귀가 찢어졌다. 꽤나 큰 충격에 팔목까지 저려왔다.

"자, 어디 제대로 된 실력을 보여봐."

그 말과 함께 한진의 연속 공격이 밀려들었다.

온몸의 요혈을 노리며 파고드는 공격을 막기 위해 상관화는 진땀을 흘렸다.

자신이 익힌 보법을 완벽하게 짓눌러 버릴 정도로 상대의 발놀림은 빨랐고 검의 움직임은 과장되거나 현란하지는 않았음에도 도저히 눈으로 쫓아가기가 힘들었다.

찌르기를 겨우 흘려보내면 어느새 수평으로 베어오고 찍어 누르면 이미 방향을 틀고 밑에서부터 베어 올라왔다.

반격은 조금도 허락되지 않았다.

반격의 시도 자체를 지워 버릴 정도로 한진의 공격은 집요했고 교묘했다.

크고 작은 상처들이 순식간에 상관화의 몸을 뒤덮었다.

상처에서 흘러나온 피로 인해 그의 몸은 머리에서 발끝까지 붉게 물들었다.

힘겹게 공격을 막는 상관화의 얼굴이 참담하게 일그러졌다.

그는 알고 있었다.

막아도 막은 것이 아니라는 것을.

상대가 원하면 벌써 몇 번이고 목숨을 취할 수 있었다.

그럼에도 그러지 않는 것은 단순한 유희를 즐기기 위함일 것이다.

상관화가 칼을 늘어뜨렸다.

"죽여라."

"포기가 빠르군."

"더 이상 놀잇감이 되기가 싫을 뿐이다."

"저런. 뭔가 오해를 한 모양이네. 목숨을 거두지 않은 것은 단순히 놀기 위함이 아니라 당신이 사용하는 무공에 대해 흥미가 있었기 때문이었는데. 뭐, 상관없어. 꼴을 보아하니 어차피 겉만 번지르르한 그저 그런 무공일 테니까."

바로 그때였다.

"그 말. 책임질 수 있겠느냐?"

나직하면서도 묵직한 음성에 한진의 몸이 부르르 떨렸다.

한진의 몸이 천천히 돌았다.

그와 고작 일 장 정도 떨어진 곳에서 뒷짐을 지고 한 노인이 서 있었다.

'이렇게 가까이 접근할 정도로 몰랐단 말인가? 내가?'

한진은 자신도 모르게 침을 꿀꺽 삼켰다.

노인의 몸에선 아무런 기운도 느껴지지 않았다.

그러나 매우 친숙한 분위기였다.

한진은 그런 분위기를 지닌 사람은 몇 알고 있었다.

대표적인 사람이 바로 자신의 부친이었다.

"책임질 수 있느냐고 물었다."

"누, 누구십니까?"

대답은 노인이 아니라 상관화의 입을 통해서 흘러나왔다.

"어, 어르신!"

노인의 날카로운 눈이 상관화를 훑었다.

"쯧쯧, 몰골하곤. 단심련이 절단이 났다고 해서 잠시 다니러 왔더니 이 무슨 꼴이냐?"

"죄, 죄송합니다."

"네 어미는?"

"어르신께서 떠나시고 얼마 되지 않아서……."

뒷말은 더 듣지 않아도 알 수 있었다.

노인의 입에서 못마땅한 한숨이 흘러나왔다.

"그러게 수적 놈들 소굴에 시집을 가서는."

단심련을 싸잡아 비난하는 노인의 말에도 상관화는 아무런 반발을 하지 못했다.

어릴 적 노인을 대함에 있어 극도로 조심스러웠던 부친과 할아버지의 모습이 각인되었기 때문은 아니었다.

병석에 누워 애틋하게 노인을 바라보던 어머니의 눈물 때문도 아니었다.

물론 그것도 이유가 될 수는 있었다.

그러나 진짜 이유는 아무것도 모르던 자신에게 장난치듯

가르쳐 준 무공이 낙뢰도법임을, 그것을 독문무공으로 사용하던 사람이 무림십강에 당당히 이름을 올린 장강무적도 뇌하임을 어른이 된 지금은 알고 있기 때문이었다.

*　　　*　　　*

"아직 확실한 것이 아니니 너무 불안해하지 마십시오."

안절부절 못하는 유대웅을 보다 못한 단혼마객이 말했다.

낙성검문이 참전을 할지 모른다는 소식에 대승을 거뒀음에도 묵사도의 분위기는 침울했다.

"제발 아니었으면 좋겠습니다. 하지만 아무리 생각해도 낙성검문이 갑자기 파양호에 모습을 드러낼 일이 없습니다. 군사나 하오문주도 그리 생각하는 것 같고요."

"일단 싸움을 멈추고 물러나라고 했다고 하니 별문제는 없을 겁니다. 설사 싸움이 난다고 해도 두 어르신과 금완 그 친구도 있으니……."

무림에 명성을 떨치고 있는 뇌우와 허금도는 물론이고 근래 들어 금완의 실력이 무섭게 늘었음을 누구보다 잘 알고 있는 단혼마객이 애써 불안감을 지우며 말했다.

하지만 자우령은 단호히 고개를 흔들었다.

"역부족이다. 전력이 분산되어선 상대가 되지 못해."

자우령의 한마디에 분위기는 침울 하다못해 아예 큰 패배라도 한 듯 절망적이었다.

"이거, 이거. 분위기가 왜이래?"

때마침 묵사도에 도착한 호태악이 착 가라앉은 주변 분위기에 적응을 못하며 소리쳤다.

한눈에 보아도 대승이었다.

수습되는 시신의 대부분이 해사방도였고 아군의 피해는 그다지 보이지 않았다.

"떠들썩하게 잔치를 벌여도 모자란 판에 어째서 이런 초상집 분위기야?"

호태악이 분위기 파악을 못하고 나불대자 단혼마객이 얼른 다가가 물었다.

"고생했다. 피해는?"

"제길, 초반엔 좋았는데 마지막 수채에 있는 놈들의 저항이 제법 거세서 생각보다 많은 피해를 입었소. 열일곱이……."

호태악의 입을 틀어막은 마독이 물었다.

"무슨 일인가?"

"그게……."

단혼마객은 장청이 보내온 전서구의 내용에 대해 간략하게 설명을 했다. 설명을 듣는 마독의 얼굴이 딱딱하게 굳었다.

"낙성검문이 참전을 한단 말인가?"

"확정은 아니지만 아마도 그리될 것 같습니다."

"큰일이군. 하필이면 맹주님과 태상장로께서 이곳에 계시는 상황에서."

낙성검문이 어떤 곳이라는 것을 잘 알고 있는 마독, 단혼마객과는 달리 그저 막연한 소문으로 접했던 호태악은 사태의 심각성을 전혀 느끼지 못하고 있었다.

"쯧쯧, 부딪쳐 보지도 않고 이리 겁을 먹어서야. 이봐, 맹주. 본좌와 황호대를 보내줘. 모조리 수장을 시켜 버릴 테니까."

"헛소리 하지 말고 좀 쉬어. 다들 고생했다."

유대웅이 힘없이 말했다.

"그러지 말고 본좌를 보내달라니까."

호태악의 채근에 유대웅의 눈빛이 차가워지자 단혼마객이 호태악의 귀를 잡아당겼다.

"조용히 해. 지금은 농담할 분위기가 아니다."

뭐라 발끈하려던 호태악은 금방이라도 폭발할 것 같은 유대웅과 자우령의 표정을 보고 슬며시 입을 다물었다.

상황이 자신이 생각한 것보다 훨씬 더 심각하다는 것을 비로소 느낀 것이다.

'낙성검문이 그렇게 강했나?'

그래도 의문은 남아 있었다.

　　　　　*　　　*　　　*

‘음.’

너덜너덜해진 손바닥을 힐끗 바라 본 천인후의 표정이 심각해졌다.

‘과연 장강무적도. 무림십강이란 명성이 그냥 얻어진 것은 아니로군. 소름끼칠 정도로 강하다.’

어느 정도 예상했고 각오도 했으나 상대의 실력은 자신의 생각을 훌쩍 뛰어넘어 버릴 정도로 막강했다. 비록 뇌우를 쓰러뜨리느라 많은 힘을 써버린 탓도 있었지만 정상적인 몸이라 해도 결과는 크게 변하지 않을 것 같았다.

[형님. 합공을 해야 하지 않겠습니까?]

천우궁이 넌지시 전음을 보내왔다.

천인후는 대답하지 않았다.

자존심도 자존심이거니와 둘 다 지친 지금의 상태로는 눈앞의 상대를 이길 수 있으리란 판단이 도저히 서지 않았다.

[진이의 몸은 어떤가?]

[내상이 심해 오랫동안 정양을 해야 할 것 같습니다. 그래도 목숨에는 지장이 없습니다.]

그나마 다행이었다.

아마 작심을 하고 손을 썼다면 단순히 내상을 입는 정도로 끝나지 않았을 터. 자신이 직접 나서기도 전에 목숨을 잃었었을 것이다.

천인후가 주변을 둘러보았다.

장강무적도가 등장하면서, 자신이 그와 싸움을 시작하면서 사실상 모든 전투는 중단이 되었다.

와호맹은 이미 퇴로를 확보한 상황에서 병력을 물리는 상황이었고 그들을 뒤쫓기엔 그다지 상황이 좋지 않았다.

장강에서 단심련을 무너뜨린 병력이 꾸준히 상륙하고 있는 데다가 그들을 상대해야 하는 해사방의 전력은 너무도 한심스러웠다. 게다가 아군을 위협하는 궁수대의 실력이 무시무시했다. 그들의 엄호를 뚫고 적을 섬멸하려면 제자들의 피해도 상당할 것 같았다.

그렇다고 무작정 퇴각 명령을 내리자니 낙성검문의 체면상 도저히 입이 떨어지지 않았다.

그런 천인후의 모습에 코웃음을 친 장강무적도가 칼을 거두며 말했다.

"이쯤해서 그만하고 돌아가라."

"말도 안 되는 소리 하지 마시오."

천우궁이 버럭 소리를 질렀다.

뇌하의 날카로운 시선이 그를 훑었다.

"쯧쯧, 형만 한 아우 없다더니. 상황을 제대로 파악을 못하는군. 노부는 낙성검문과 유감이 없다. 해서 노부의 무공을 비웃던 녀석의 목숨도 살려준 것이고."

뇌하의 시선이 자신의 공격을 받아내다가 혼절해 있는 한 진에게 잠시 머물렀다.

"낙성검문이 어째서 여기까지 왔는지 모르겠고 수적들 싸움에 끼어들었는지도 모르겠지만 이만하면 충분히 양보를 해 주었으니 그만 돌아가라. 노부가 사정을 봐주는 것은 여기까지다."

"이……!"

천우궁이 굴욕감에 몸을 부르르 떨 때 천인후가 그의 어깨를 짚었다.

"그만하게."

"형님."

"자네와 내가 정상적인 몸이라면 모를까 지금은 힘드네. 저 녀석의 상태도 좋지 않고."

천인후가 금완과의 싸움에서 패해 큰 부상을 당한 천소강을 가리켰다.

"장강무적도의 실력이 대단하기는 해도 형님과 저, 그리고 장로들의 힘이라면 충분히 압도할 수 있습니다."

천인후가 씁쓸히 고개를 흔들었다.

"그건 우리가 정상적인 상황일 때 가능한 얘기네. 만약 그가 우리와의 싸움을 회피하고 제자들만 노린다고 생각해 보게. 막을 수 있겠는가?"

"그, 그건……."

"전력을 다하면 막을 수 있겠지. 쓰러뜨릴 수도 있을 게야. 본 문이 어떤 피해를 입을지는 굳이 설명을 하지 않아도 알 것이네. 게다가 그는 혼자가 아니야. 와호맹이 있네."

"그까짓 오합지졸이야 한칼에 쓸어버릴 수 있습니다."

"정말 그렇게 생각하나? 소숙의 판단도 틀렸네. 와호맹의 전력은 소숙이 생각한 것보다 더욱 강했네. 아니, 그 사이에 강해졌다고 해야 하는 것이 맞겠지. 아무리 생각해도 이쯤에서 물러나는 것이 정답 같네."

"그러나 우리 낙성검문이……."

"자존심 따위가 문제가 아니야. 진이를 위해서라도 본 문의 피해는 최소한으로 해야 해."

천우궁은 천인후의 말뜻을 금방 깨달았다.

비록 오늘의 실패로 후계자 싸움에서 다소 뒤처지게 되었지만 그렇다고 완전히 끝난 것은 아니었다. 한진을 위해서라도 낙성검문의 전력은 건재해야 했다.

"알겠… 습니다."

천우궁이 한발 물러나자 천인후가 한숨을 내쉬며 몸을 돌렸다.

"돌아가겠소이다."

"잘 생각했다."

장강무적도는 그럴 줄 알았다는 듯 담담히 고개를 끄덕였다.

"한 가지 물어도 되겠소?"

"말해라."

"와호맹과는 어떤 관계요?"

"와호맹? 아무런 관계도 없다."

순간, 천인후의 눈에 의혹이 일었다.

"한데 어째서 그들을 돕는 것이오?"

"도울 생각도 없었다."

장강무적도가 상관화를 가리키며 말을 이었다.

"애당초 저 녀석이 목숨의 위협만 받지 않았다면, 또 노부의 무공이 모욕만 받지 않았다면 나설 일은 없었을 것이다."

"그렇다면 원하는 대로 된 것 아니오?"

천우궁이 인상을 구기며 소리쳤다.

"내친걸음이다. 이 녀석이 와호맹인가 뭔가에 적을 두고 있는 것도 마음에 걸리기도 하고."

"크크크, 참으로 운이 좋은 놈들이군."

승리를 목전에 두고 물러나야 하는 상황에 어이가 없는지 천우궁의 입에서 허탈한 웃음이 흘러나왔다.

"누가 운이 좋은 것인지는 두고 보면 알 것이다."

천소강을 쓰러뜨리며 그나마 와호맹의 체면을 지켜낸 금완이 차갑게 외쳤다.

"무슨 헛소리냐?"

"맹주님과 태상장로님, 설 호법께서 계셨다면 낙성검문은 단 한 사람도 살아남지 못했을 것이다.”

“뭣이!”

발끈하려는 천우궁을 천인후가 붙잡았다.

“두고 보시면 알 것이다. 낙성검문은 오늘 일을 두고두고
후회하게 될 것이니.”

장강무적도의 도움으로 거우 목숨을 건진 와호맹.

지금껏 겪어보지 못한 엄청난 희생에 금완은 자신도 모르
게 뜨거운 눈물을 흘리고 있었다.

第七十章
각자도생(各自圖生)

"이, 이럴 수가!"

부들부들 떨던 유대웅은 결국 손에 쥔 서찰을 떨어뜨리고 말았다.

심각한 표정으로 서 있던 자우령이 서찰을 집었다.

빠르게 서찰을 읽어 내려가는 자우령의 안색이 딱딱하게 굳었다. 그리고 수하들이 모두 보고 있는 상황에서 유대웅이 어째서 저리 격동하고 있는지 이해가 갔다.

"무슨 내용입니까?"

단혼마객이 궁금증을 참지 못하고 물었다.

"낙성검문과 충돌이 있었다고 한다."

“상황이 좋지 않은 것입니까?”

마독이 얼른 물었다.

자우령이 묵묵히 고개를 끄덕였다.

‘멍청한 친구 같으니. 그리 허망하게.’

유대웅도 유대웅이었지만 친우를 잃은 자우령의 충격 또한 상당한 것이었다.

“피해가 크다더군.”

자우령이 마독에게 서찰을 건넸다.

마독과 단혼마객이 얼굴을 맞대고 서찰을 읽었다.

“말도 안 돼!”

단혼마객은 과거에 집착하고 있던 자신에게 새로운 삶을 살 수 있도록 도와준 은인 허금도가 목숨을 잃었다는 소식에 망연자실하고 말았다.

“태상호법마저 당하셨단 말인가!”

천인후와의 대결에서 치명적인 부상을 당한 뇌우의 생사가 불분명하다는 말에 마독은 탄식할 수밖에 없었다.

“감 장로도 목숨을 잃었고 감찰단주는…….”

자우령은 유대웅의 뒤에 서 있는 이석을 힐끗 바라봤다.

“네 아비도 많이 상했다는구나.”

이석의 몸이 살짝 떨렸다.

“상세가 어느 정돈지 여쭤도 되겠습니까?”

“단전이 파괴되고 한쪽 팔을 잃었다. 다행히 목숨엔 지장이 없는 것 같구나."

"그렇… 군요."

이석이 피가 나도록 입술을 꽉 깨물며 고개를 끄덕였다.

다행일 리가 없었다.

단전이 파괴되었다는 것은 무인으로서 생명이 끝났다는 것이었고 더구나 팔까지 다쳤다는 것은 실낱같은 희망마저 사라졌음을 의미하는 것이었다.

"다른 놈들은 대체 뭐했답니까? 영감님들이 그 지경이 되도록 어디에 처박혀서……."

버럭 소리를 지르던 호태악은 유대웅으로부터 뻗어 나오는 살기에 입을 다물고 말았다.

"백호대는 절반이 목숨을 잃었고 아군의 퇴로를 확보하기 위해 끝까지 대항했던 적호대는 팔 할이 목숨을 잃었다는구나. 다들 열심히 노력한 것이야. 다만 상대의 실력이 너무 강했던 것뿐."

마독이 땅이 꺼져라 한숨을 내뱉었다.

호태악은 황호대보다 더욱 막강한 무력을 지닌 백호대가 힘없이 무너졌다는 말에 입을 쩍 벌렸다.

"저, 적호대까지 그렇게 당했단 말이오? 하백 그 여우 같은 인간이 대주로 있는 한 그렇게 당할 리가 없을 텐데."

"그만큼 강한 상대지. 낙성검문."

마독의 말에 지금껏 천둥벌거숭이처럼 날뛰던 호태악은

상당히 큰 충격을 받은 얼굴로 멍하니 서 있었다.

"다른 연락은?"

겨우 정신을 수습한 유대웅이 강위에게 물었다.

"아직은 없습니다."

"소식이 오는 대로 보고해."

"알겠습니다."

강위가 물러나자 유대웅이 자우령에게 말했다.

"잠시 혼자 있겠습니다."

"그리하여라."

자우령은 축 늘어진 유대웅의 어깨를 보며 긴 탄식을 내뱉었다.

*　　*　　*

"실패해?"

소숙이 두 손을 공손히 모으고 있는 모진을 보며 놀란 눈으로 물었다.

"예."

"자세히 말해봐라. 와호맹이 아무리 강하다 하더라도 낙성검문이라면 실패할 리가 없는데."

"싸움은 와호맹이 무화채를 공격하면서 시작되었습니다."

"해사방이 그곳을 거점으로 삼았다고 했던가?"

한호가 물었다.

"그렇습니다. 와호맹을 공격한다는 명목하에 단심련으로부터 얻어낸 이후 묵사도에 있던 병력을 대거 이동시켰습니다. 싸움이 시작될 때 대략 칠백 정도가 모였고 싸움 도중 백오십 정도가 더 도착을 했습니다."

"후~ 꽤나 많군."

"하지만 의미없는 숫자였습니다. 낙성검문이 나타날 때까지 해사방이나 단심련은 변변한 대항도 하지 못했습니다."

"그 정도로 차이가 났느냐?"

소숙이 심각한 표정으로 물었다.

"예. 보고에 따르면 일방적으로 학살을 당하는 수준이었다고 합니다."

"단심련이야 그렇다 쳐도 해사방은 그쪽에선 결코 만만한 수준이 아닌데. 그사이 와호맹의 전력이 또 늘었던 모양이군."

"여기서 특이하실 점은 유대웅과 일도파산 등이 보이지 않았다는 것입니다. 더불어 최정예라 할 수 있는 호천단을 비롯해서 황호대와 흑호대도 참전하지 않은 것으로 파악되었습니다."

"허! 그러니까 병력을 나눈, 그것도 맹주라는 자와 일도파산이 빠진 상태에서 그렇게 박살이 났다는 거야? 병력 차이도 꽤 났을 텐데."

한호가 어이없다는 얼굴로 물었다.

"그렇습니다."

"하면 놈들은 어디로 갔다는 거야? 단심련을 바로 친 건가?"

"아니면 묵사도를 쳤든지."

소숙의 말에 모진이 놀랍다는 눈으로 고개를 끄덕였다.

"그렇습니다. 그들은 묵사도를 쳤습니다."

"결과야 뻔할 것이고."

"예. 묵사도에 모여 있던 해사방의 전력이 괴멸되었다고 합니다. 방주인 채증은 물론이고 그를 따르던 수뇌들 또한 모조리 목숨을 잃었습니다."

"아주 작심하고 손을 썼군. 그만큼 자신도 있었다는 말이고. 쯧쯧, 공 장로가 오랫동안 공을 들인 것으로 아는데 복장이 터지겠군요."

"혀나 차고 있을 일이 아닙니다. 이 또한 천무장에겐 큰 악재입니다. 대업을 이루기 위해선 장강은 반드시 손에 넣어야 하는 요충지입니다."

소숙이 인상을 찌푸리자 한호가 어깨를 들썩였다.

"알지요. 사부께서 공 장로를 해사방에 보낸 이유도 그 때문이 아닙니까? 한데 그럼 뭐합니까? 결국 죽 써서 개 준 꼴인데."

"장주!"

소숙이 노한 얼굴로 소리쳤다.

"하하하, 죄송합니다. 제가 좀 지나쳤습니다."

"많이 지나쳤습니다."

"예. 많이 지나쳤습니다. 그러니 노여움을 푸시지요."

"후~"

화를 내봤자 자신만 손해라는 것을 알기에 한숨을 내쉬며 마음을 진정시킨 소숙이 모진을 향해 다시 물었다.

"해사방이야 그렇다 해도 낙성검문이면 전력이 나뉜 와호맹 따위는 상대도 되지 않았을 터인데 대체 일이 어찌 돌아간 것이냐?"

"해사방이 위기에 빠졌을 때 등장한 낙성검문은 그 명성 그대로 대단했다고 합니다. 기세를 올리던 와호맹을 완벽하게 무너뜨렸다고 하니까요. 영사금창이 유성검 어르신께 패퇴하여 목숨이 위태롭고 구절신금은 천우궁 어르신의 손에 목숨을 잃었습니다."

"훌륭하군. 영사금창과 구절신금이라면 결코 만만한 상대가 아닌데."

"예. 만약 장강에서 싸우던 단심련이 제대로 버텨서 지원군이 도착하지 않았다면 아마도 전멸을 면치 못했을 것이라 했습니다."

"역시 낙성검문이로군."

한호와 소숙이 마주보며 고개를 끄덕일 때, 모진의 표정이

묘하게 변했다.

"그럼에도 불구하고 싸움은 압도적으로 우위에 있었습니다. 애당초 지원군이라 해도 와호맹에 속한 자들에 불과하니까요. 하지만 그가 등장하여 모든 것을 바꿔 버렸습니다."

"흠, 낙성검문이 실패한 이유가 나오는군. 그래, 누구더냐? 누가 낙성검문을 곤란케 한 것이지?"

한호가 양손을 깍지 끼며 호기심에 찬 눈으로 물었다.

"장강무적도 뇌하. 바로 그가 나타났습니다."

"뭐라? 자, 장강무적도?"

소숙이 벌떡 일어났다.

"뇌하가 등장했단 말이냐?"

"그렇습니다."

"대체 그자가 왜?"

"정확한 것은 확인하지 못했습니다만 와호맹에 의탁한 전단심련의 후계자와 인연이 있었던 것 같습니다."

"흠, 장강무적도라. 그만한 인물이면 홀로 전세를 바꿀 만하지."

한호의 말에 소숙이 심각한 음성으로 말했다.

"단순히 전세를 바꿀 만한 수준이 아닙니다. 화산검선이 사라진 지금, 무림십강에서 그를 상대할 수 있는 사람은 마존 엽소척과 혈사림주밖에 없다고 알려질 정도입니다. 한마디로 엄청난 고수가 바로 장강무적도입니다."

"한번 겨뤄보고 싶군요."

호승심이 동하는 한호의 모습에 소숙은 얼른 고개를 돌렸다. 문득 홀로 화산검선을 찾아갔을 때의 일이 떠오른 것이다.

"그래서 어찌 되었느냐? 제 아무리 장강무적도라 해도 혼자서 낙성검문을 상대하지는 못했을 터인데."

"낙성검문의 두 분 어르신이 영사금창과 구절신금을 쓰러뜨리느라 많은 힘을 소모하신 덕에 장강무적도를 감당할 수 있는 인물이 없었던 것 같습니다. 결국 유성검 어르신께서 장강무적도와 몇 초식을 나누신 뒤 곧바로 퇴각 결정을 내리셨다고 합니다."

"현명한 판단을 하셨군. 전력을 다했다면 아마도 장강무적도는 쓰러뜨릴 수 있었을 거다. 하지만 낙성검문도 엄청난 피해를 입었을 것이고 후폭풍도 만만치 않았겠지. 특히 와호맹주와 일도파산이 건재한 상황에서 의미가 없는 모험인데 다행스런 일이야."

"그러게 말입니다. 어쨌든 놀랍군요. 자존심 강한 장인께서 그런 결정을 하시다니 말이지요."

"아마도 진이 때문에 그랬을 겁니다."

"그럴 수도 있겠네요."

심드렁한 표정으로 고개를 끄덕이던 한호가 마침 생각났다는 듯 물었다.

"그 녀석은 어땠느냐?"

"둘째 공자님께서도 큰 활약을 하신 것으로 압니다만 장강무적도의 개입으로 부상을……."

"뭐라? 부상? 장강무적도에게 당했단 말이냐?"

소숙이 경기를 일으킬 정도로 놀라며 물었다.

한호의 얼굴도 눈에 띄게 굳었다.

"장강무적도와 가장 먼저 싸움을 한 분이 바로 둘째 공자님이십니다. 비록 몇 초식 견디지 못하고 패퇴하셨지만……."

"헛소리 하지 말고. 상태가 어떤지만 말해라."

소숙이 모진의 멱살을 틀어쥐며 소리쳤다.

"목숨에는 지장이 없는 것으로 압니다."

"휴우."

모진의 멱살을 틀어쥔 손을 놓으며 안도의 한숨을 내쉬는 소숙의 모습에 한호의 입가에 미소가 지어졌다.

"무사하다는데 뭘 그리 걱정을 하십니까? 차라리 잘 되었습니다. 요즘 들어 자만심이 쌓이는 것 같던데 좋은 경험이 되었을 겁니다."

"그래도 그렇지요. 덤벼도 상대를 보고 덤벼야지, 그러다 자칫……."

소숙은 차마 말을 잇지 못하고 몸을 부르르 떨었다.

"어쨌거나 장강무적도를 만나볼 이유가 하나 더 생겼군요."

"예?"

"명색이 아비인데 아들놈이 다쳤으면 복수라도 해줘야 하지 않겠습니까?"

싱글거리는 한호의 얼굴을 보며 소숙은 참지 못하고 버럭 소리를 질렀다.

"됐습니다!"

*　　　　*　　　　*

묵사도에 두 번째 전서구가 도착했다.

첫 번째 전서구가 전해온 내용이 당시 전황에 대한 개략적인 내용이었다면 두 번째로 전해진 서찰엔 당시의 상황이 꽤나 자세하게 적혀 있었다.

유대웅은 피눈물을 흘리며 서찰의 내용을 몇 번이나 읽었고 치미는 분노와 살의를 애써 억누른 뒤 회의를 소집했다.

유대웅은 모인 이들이 서찰을 모두 읽도록 배려한 뒤에야 입을 열었다.

"아시다시피 현재 해사방과 낙성검문은 무화채에서 단심련으로 후퇴한 상태입니다. 아직 별다른 움직임을 보이지는 않고 있지만 재차 공격을 할 가능성도 있습니다."

"어찌할 생각이냐?"

자우령이 물었다.

“할아버님께선 어찌 생각하십니까?”

“단심련 쪽에 남은 인원을 제외하고 해사방은 사실상 괴멸되었다. 굳이 이곳을 지킬 필요는 없다고 본다만.”

유대웅은 자우령의 음성에 실린 나직한 살기를 감지했다.

애써 내색은 하지 않지만 자우령은 친우에 대한 복수를 원하고 있었다.

“제 생각도 같습니다. 뇌하 노선배님께서 계신다지만 피해가 막대한 상황에서 낙성검문이 재차 공격을 하면 감당할 수 없을 것입니다. 당장 움직여야 합니다.”

자우령과는 달리 단혼마객은 노골적으로 살기를 드러냈다.

유대웅의 시선이 마독에게 향했다.

“낙성검문에 당한 인원이 백 명을 훌쩍 넘었습니다. 백호대와 적호대에 그토록 엄청난 피해를 입히면서도 고작 삼십 남짓한 인원을 잃었을 정도로 낙성검문의 전력은 엄청납니다. 설 호법 말대로 일시적으로 물러나기는 했지만 다시금 공격을 받는다면 큰일이 아닐 수 없습니다.”

백호대와 적호대가 큰 피해를 입으면서도 겨우 삼십 남짓한 인원을 쓰러뜨렸다는 말에 유대웅의 미간에 주름이 잡혔다. 나름 많이 성장을 했다고 여겼지만 무림에 명성을 날리는 문파의 제자들과는 여전히 차이가 있다는 것을 다시금 확인한 것이다.

　자우령을 비롯하여 단혼마객과 마독까지 복귀를 원하는 상황임에도 유대웅은 침묵을 지켰다. 이를 지켜보던 자우령이 가만히 물었다.

　"다른 생각이라도 있는 것이냐?"

　"예."

　고개를 끄덕인 유대웅이 강위에게 시선을 돌렸다.

　운밀각 요원이 따라붙지 않은 이번 작전에 월광대가 모든 정보를 관장하고 있었다.

　"이번에 우리를 공격한 낙성검문의 인원이 정확히 얼마나 된다고 했지?"

　"백이십 남짓입니다."

　강위가 즉시 대답했다.

　"낙성검문의 문도수가 대략 백오십 정도라고 들었다."

　"그렇게 알고 있습니다."

　"그렇다면 삼십 명 정도가 남았다는 말이군."

　"어느 정도 오차가 있겠지만 하오문을 통해 얻은 정보니 크게 벗어나지는 않을 것입니다."

　"흠."

　고개를 끄덕이고 잠시 생각에 잠기는 유대웅.

　좌중에 모인 그 누구도 유대웅을 방해하지 않았다.

　"병력을 나눠야겠습니다."

　갑작스런 한마디에 다들 이해를 하지 못하겠다는 표정이

었다.

"무슨 뜻이냐?"

자우령의 물음에 유대웅이 이를 꽉 깨물고 말했다.

"당한 만큼 돌려줘야지요. 호태악."

"말해."

호태악이 약간은 들뜬 얼굴로 대답했다.

"황호대의 분위기는 어떻지?"

"숫자가 좀 줄기는 했지만 최고지."

"한 번 더 움직일 수 있을까?"

"물론."

"그럼 소흥으로 가."

"소… 흥?"

고개를 갸웃거리던 호태악이 황망한 표정을 짓고 있는 마독 등을 보며 비로소 그 뜻을 이해했다.

"낙성… 검문?"

"인원이 많이 줄기는 했지만 백호대와 적호대가 처절하게 당했다는 얘기는 들었지? 조심해야 할 거다."

"크하하하하! 오랜만에 마음에 드는군. 맡겨두라고 맹주. 싸그리 쓸어버릴 테니까."

호태악이 가슴을 탕탕 치며 소리쳤다.

"강위."

"예. 맹주님."

“황호대에 합류해.”

“알겠습니다.”

평소라면 도움은 필요 없다며 길길이 날뛸 호태악이었지만 사안의 중대성 때문인지 별다른 말을 하지 않았다.

아닌 게 아니라 황호대보다 강한 힘을 지닌 백호대를 간단히 요리한 낙성검문의 전력이라면 수적인 우위에 있다고 해도 마음을 놓을 수가 없었다.

“두 분께서 황호대를 이끌어주십시오.”

유대웅이 마독과 단혼마객에게 말했다.

“그리하겠습니다.”

황호대를 낙성검문으로 보낸다고 할 때부터 이미 마음의 준비를 하고 있던 두 사람은 공손히 대답했다.

“할아버지는 저와 단심련으로 가시지요.”

“그러자꾸나.”

자우령이 간단히 대꾸했다.

“호천단과 흑호대도 함께 움직인다. 묵사도엔 적의 움직임을 감시하는 최소한의 척후만을 남겨라.”

“존명!”

이석과 노검이 동시에 명을 받았다.

“출발은 반 시진 후. 그때까지 모든 준비를 마치도록.”

차갑게 명을 내리는 유대웅의 눈동자는 복수심에 활활 타오르고 있었다.

                    *   *   *

　해가 중천에 뜰 무렵, 낙성검문의 수뇌와 채탁, 그리고 단심련주 상관홍이 한자리에 모였다.

　전날 장강무적도와 싸움을 벌였던 천인후는 다소 안색이 창백하기는 했으나 밤새 운기조식을 한 덕분인지 큰 무리는 없어 보였다. 천우궁도 예전과 변함이 없었지만 천소강은 아직 부상에서 회복을 못한 것인지 낯빛이 과히 좋지 않았다.

　"공자님의 상세는 좀 어떠십니까?"

　상관홍이 정신을 잃고 실려온 한진의 안부를 물었다.

　"고생을 좀 하기는 해야겠지만 그런대로 괜찮다."

　명색이 단심련의 련주였음에도 천인후는 상관홍을 아예 아랫사람 대하듯 했고 상관홍은 그걸 당연하게 받아들였다.

　"다행입니다. 제가 얼마나 걱정을 했는지 모릅니다."

　상관홍의 비굴한 모습에 얼굴을 찌푸린 천인후가 고개를 돌려 채탁을 바라보았다.

　지금 이 자리에서 가장 안색이 좋지 않은 사람은 부상에서 회복하지 못한 천소강이 아니라 묵사도와 연락이 끊긴 채탁 바로 그였다.

　"아직도 연락이 없느냐?"

　"예. 전서구를 몇 번이나 띄웠지만 되돌아오지 않았습니다. 단심련을 통해 알아도 봤지만 인근 수채에선 확인하지 못했다는 답변만 오고 있습니다. 급한 대로 지난밤에 전령을 보내긴 했으나 늦어도 오후는 되어야 묵사도에 도착할 것 같습니다.”

천인후와 천우궁이 시선을 교환하며 살짝 고개를 끄덕였다.

“아무래도 당한 것 같군.”

“……”

헛소리 하지 말고 입 닥치라고 외치고 싶었지만 상대가 상대인 만큼 채탁은 입술만 꽉 깨물고 있었다.

“노부의 예상이 빗나가길 바란다만 이곳이 아니면 묵사도다. 두 곳이 아니면 와호맹주가 병력을 이끌고 사라질 이유가 없어. 게다가 연락도 끊긴 것을 보면……”

“죄송합니다만 아직 확실한 것은 아무것도 없습니다. 말씀을 아껴주십시오.”

채탁이 자신도 모르게 언성을 높였다.

꽤나 발칙한 언행이었으나 천인후는 물론이고 성격 괄괄한 천우궁도 모른 척 넘어가 주었다.

그들의 예상대로 유대웅이 묵사도를 친 것이라면 채탁에게 남은 것이라곤 단심련에 남은 별 볼일 없는 수하들뿐이기 때문이었다.

“한데 놈들은 어찌하고 있느냐?”

천우궁이 말석에서 눈치를 보고 있는 상관홍에게 물었다.

오랜 내분과 어제의 싸움으로 인해 남은 전력이야 보잘것 없었지만 그래도 장강의 소식만큼은 해사방이나 낙성검문이 따를 수가 없었다.

"무화채를 비우고 모조리 배에 올랐다고 합니다."

"배라면 어제 네 수하를 수장시킨 수적선 말이냐?"

"그, 그렇습니다."

"어찌 보면 놈들로선 가장 안전한 장소를 찾은 셈이군. 우리라도 배를 타는 것은 확실히 부담이 되니까."

천우궁이 콧방귀를 뀌며 비웃음을 흘렸다.

"이제 어찌하실 생각입니까?"

천소강이 조용히 물었다.

한낱 수적과의 싸움에서 패해 낙성검문의 명예에 먹칠을 했다는 생각에 그는 제대로 고개를 들지 못했다.

"글쎄다. 나도 그게 고민이다. 이대로 공격을 하자니 와호맹주의 행방이 아무래도 마음에 걸리고 그렇다고 돌아가자니……."

천인후는 말끝을 흐렸다.

"당연히 공격을 해야 하지 않겠습니까? 단순히 장강을 일통하기 위한 싸움이… 커흠."

천우궁은 상관홍과 채탁이 있다는 것을 의식하곤 얼른 입을 다물었다.

"너는 어찌 생각하느냐?"

천인후가 천소강에게 물었다.

잠시 생각을 하던 천소강이 조심스레 대답했다.

"돌아가야 한다고 봅니다."

어제의 치욕을 씻기 위해서라도 당장 공격을 하자고 주장할 것 같았던 천소강이 오히려 정반대의 의견을 내놓자 천인후는 상당히 의외라는 표정을 지었다.

"어째서?"

"우선 장강무적도라는 전혀 생각지도 못한 변수가 나타났습니다. 외람되지만 아버님과 숙부님께선 그자의 상대가 되지 못하십니다."

"그건 그렇지."

천인후는 인정하긴 싫은 표정이었지만 그렇다고 부인하지도 못했다. 그만큼 장강무적도는 강했다.

"형님과 합공을 하면 능히 상대할 수 있다."

천우궁이 발끈하여 소리쳤다.

"하면 와호맹주와 일도파산은 누가 상대하는 것입니까? 군사께서 보내신 정보에 의하면 그들의 무위는 아버님과 숙부님 못지않습니다."

"우리에겐 사검로(四劍老)가 있다."

천우궁이 낙성검문의 원로들을 언급하자 채탁은 어제 낙성검문의 후미에서 유유자적하던 노인들을 떠올렸다.

‘흥, 수하들이 죽어 나자빠지는 상황에서도 한가롭기 그지 없던 그 재수없는 늙은이들을 말하는 모양이군.’

하나, 채탁은 한 가지 착각을 하고 있었다.

애당초 어제 벌어진 싸움에선 그들이 나설 자리는 없었다. 장강무적도가 나타나기 전까지는 낙성검문의 일방적 우위에 있었다. 천인후와 천우궁 형제가 나선 것은 전세가 불리해서가 아니라 뇌우나 허금도 수준의 고수는 그들이 아니면 감당을 할 수가 없기에 직접 나선 것뿐이었다.

“와호맹엔 과거 천하제일살수라 불렸던 일점혈도 있습니다.”

“천하제일살수라 해봐야 어차피 암습에 능할 뿐이다. 정면 대결에선 그리 대단하지 않아.”

어느 정도 경지에 오른 고수라면 애당초 그런 말 자체가 성립되지 않는다는 것을 알면서도 천우궁은 애써 마독의 실력을 폄하했다.

“또한 맹주를 따르는 호천단은 와호맹 내에서도 최고의 정예라 하였습니다. 흑호대도 있습니다. 병력에서 너무 밀립니다.”

“우리 쪽도 병력은 조금 있지 않느냐?”

천우궁이 상관홍과 채탁을 턱짓으로 가리키자 천소강이 차갑게 웃으며 고개를 흔들었다.

“어제 보셨잖습니까? 그저 머릿수를 채우는 것에 불과합니다."

설마하니 면전에서 대놓고 얘기를 할 줄은 몰랐던 상관홍은 어쩔 줄을 몰라 하며 고개를 돌렸다.

채탁은 분한 마음을 이기지 못하고 손톱이 파고들 정도로 두 주먹을 꽉 움켜쥐었지만 이미 결과가 그리 나왔기에 뭐라 변명할 말이 없었다.

어색한 분위기가 감돌 때 방문 밖에서 다급한 음성이 들려왔다.

"련주님."

"누구냐? 들어오너라."

상관홍이 짐짓 위엄을 보이자 천우궁이 가소롭다는 얼굴로 바라보았다.

방문을 열고 들어선 자는 상관홍이 비묘대와 사도진이 사라짐으로써 완벽하게 와해된 정보망을 다시금 부활시키기 위에 곁에 두고 있는 어첨(魚籤)이었다.

어첨은 과거 비묘대에서 활동하다 물의를 일으켜 쫓겨난 자로 그래도 한때는 사도진과 경쟁을 했을 정도로 나름 능력이 있는 인물이었다.

"무슨 일이냐?"

"묵사도의 상황이 파악되었습니다."

순간이동이라도 한 듯 어첨 앞에 선 채탁이 떨리는 음성으로 물었다.

“어, 어찌 되었느냐?”

어첨이 상관홍을 힐끗 바라보자 상관홍이 고개를 살짝 끄덕였다.

“초토화되었다고 합니다. 묵사도에 머물고 있던 해사방의 정예들은 물론이고 주변 수채에 흩어져 있던 자들까지 모조리 괴멸된 상황입니다.”

“마, 말도 안 돼!”

망연자실한 채탁이 갑자기 어첨의 멱살을 움켜쥐었다.

“헛소리 하지 마라! 그럴 리가 없다. 어디서 잘못된 정보를 가지고 와서 함부로 지껄인단 말이냐!”

지금 상황에서 무슨 말을 해도 채탁의 분노를 진정시킬 수 없다는 것을 알기에 어첨은 그저 침묵을 지킬 뿐이었다.

시간이 지나도 채탁의 분노가 가라앉지 않자 천우궁이 짜증나는 얼굴로 채탁의 어깨를 잡아챘다.

“언제까지 징징대고 있을 것이냐?”

“이놈이 헛소리를…….”

“닥치고 앉아!”

진기가 가득 실린 외침에 충격을 받은 채탁이 그 자리에 주저앉고 말았다.

혀를 차며 채탁의 모습을 보던 천인후가 어첨에게 물었다.

“하면 묵사도를 친 와호맹 놈들은 어찌하고 있다더냐? 무슨 움직임이라도 있는 것이냐?”

"움직이기 시작했습니다만 이쪽은 아닙니다."

"이쪽은 아니다? 하면 놈들이 어디로 움직이고 있다는 말이냐?"

뭔지 모를 불안감에 사로잡힌 천인후의 음성이 살짝 떨렸다.

"동진하고 있다고 합니다."

"동… 진?"

천인후가 이해할 수 없다는 표정으로 고개를 갸웃거리자 상관홍이 조심히 입을 열었다.

"이참에 해사방을 완벽하게 무너뜨리려고 하는 것 아니겠습니까?"

"해사방을? 흠."

일리가 있기는 하지만 어딘지 이상했다.

"묵사도에 해사방주를 비롯해서 수뇌부가 모조리 모여 있다고 하지 않았던가? 그곳을 쓸어버렸다면 사실상 해사방은 끝장난 것이나 다름없는데 굳이 해사방의 본진을 치러 동진을 한다는 것은 어쩐지 앞뒤가 맞지 않는 것 같은데. 좀 이상합니다, 형님."

천우궁의 말에 천인후가 고개를 끄덕였다.

심각한 표정으로 생각에 잠겼던 천소강이 벌떡 일어났다.

"크, 큰일입니다!"

그렇잖아도 부상으로 좋지 않았던 천소강의 얼굴에 생기

가 완전히 사라졌다.

"보, 본 문입니다. 놈들이 노리는 곳은 해사방이 아니라 바로 낙성검문이란 말입니다!"

"무슨 말도 안 되는……."

호통을 치려던 천우궁은 딱딱하게 굳어가는 천인후의 얼굴을 확인하곤 입을 다물었다. 그리곤 어첨이 말한 동진의 의미를 다시금 되뇌다 경악에 찬 눈으로 입을 쩍 벌렸다.

"혀, 형님."

천인후는 천우궁의 말을 듣지도 않았다.

"놈들이 동진을 하고 있다는 말이 확실한 것이냐?"

천인후의 무시무시한 기운에 짓눌리는 어첨이 간신히 입을 열었다.

"그, 그렇습니다. 묵사도 인근에 있는 수채 두 곳에서 같은 보고가 올라왔습니다. 그… 들이 뿌려놓은 저, 정보원들이 트, 틀림없이 확인… 을 하였다고 하, 합… 니다."

숨이 넘어가는 어첨의 모습을 보다 못한 천소강이 다급히 소리쳤다.

"아버님!"

천소강의 외침에 겨우 정신을 수습한 천인후가 천우궁과 천소강을 돌아보며 말했다.

"급하게 되었구나. 당장 돌아갈 준비를 하여라."

"알겠습니다."

"부상자들은 어찌해야 합니까? 진이도 그렇고 부상이 심각한 아이가 몇 됩니다. 그렇다고 이곳에 두자니……."

천우궁은 철군한다는 천인후의 말에 어쩔 줄을 몰라 하는 상관홍과 채탁을 한심하게 바라보며 고개를 흔들었다.

"문제군. 그렇다고 데리고 갈 수는 없는 노릇이고."

소홍으로 향한 적을 따라잡으려면 엄청난 강행군이 필요할 터. 부상자들을 데리고 움직인다는 것은 말이 되지 않았다.

"풍도에게 맡기면 어떻겠습니까?"

"풍도?"

"예. 천위영(天衛影)에 속한 자입니다. 이쪽에서 아이 몇을 붙여주면 진이와 부상자들을 무사히 보호할 수 있을 겁니다."

"일리가 있습니다. 천위영이라면 우리가 모르는 장의 힘을 쓸 수도 있고요."

천우궁이 한마디 거들었다.

망설이는 시간마저 아까웠던 천인후는 곧바로 결정을 내렸다.

"풍도를 불러라. 아니, 내가 직접 가마. 너와 아우는 당장 철군 준비를 하도록 하고. 자, 움직이자."

말이 끝나기가 무섭게 천인후가 먼저 방문을 나서고 천소강과 천우궁이 뒤를 따를 때 상관홍이 천우궁의 소매를 잡았다.

　짜증스럽게 바라보는 천우궁을 향해 상관홍이 애처로운 표정으로 물었다.

　"하, 하오면 저, 저희는 어찌 되는 겁니까? 어르신께서 떠나시면 저희는……."

　"각자도생(各自圖生:제각기 살아 나갈 방법을 꾀함)."

　천우궁이 차가운 한마디를 남기고 매몰차게 돌아서자 감히 잡을 엄두를 내지 못한 상관홍의 몸이 돌처럼 굳었다.

　'실컷 이용만 하다 버린다는 말이지? 더러운 새끼들. 두고 봐라. 언젠가는 네놈들을 갈아 마셔 버릴 테니까.'

　피가 줄줄 흐르도록 입술을 질겅질겅 씹으며 채탁은 한없이 차가운 눈으로 천우궁의 뒷모습을 노려보았다.

第七十一章
타초경사(打草驚蛇)

　황산 남쪽 기슭의 좁은 소로를 일단의 무리가 엄청난 속도로 달리고 있었다.

　그들은 다름 아닌 와호맹의 병력이 본문을 치러 움직였다는 소식을 접하고 출발한 지 만 하루 만에 황산까지 도착한 낙성검문 일행이었다.

　"조금만 더 힘을 내자꾸나. 제운령(濟雲嶺)만 벗어나면 조금이나마 휴식을 취할 수 있을 것이다."

　선두에 선 천인후가 크게 소리쳤다.

　문도들이 길을 떠난 이후 제대로 먹지도 쉬지도 못한 데다가 한치 앞도 보이지 않는 밤길을 달리느라 지칠 대로 지쳤다는 것을 누구보다 잘 알고 있었지만 그는 쉽사리 걸음을 멈추지 못했다.

최소한의 병력을 남겨 놓았다곤 해도 본문에 남은 전력으로는 복수심에 불타는 와호맹을 막을 방법이 없었다.

자칫하다간 실로 생각하기조차 싫은 끔찍한 참상이 벌어질 수도 있었다.

"형님. 다들 너무 지쳤습니다."

천우궁이 슬며시 다가와 말했다.

"아네. 하지만 어쩔 수가 없어. 놈들을 제 시간에 따라 잡으려면 조금이라도 빨리 산길을 벗어나야 하지 않는가. 얼마 남지 않았으니까 조금만 더 힘을 내세."

"후~ 어쩔 수 없지요."

"참, 소강이로부터 연락은 왔는가?"

"아직 소식은 없습니다."

"혹 일에 차질이 있는 것은 아닌지 모르겠네. 몸도 성치 않은데 다른 녀석을 보낼 걸 그랬어."

"누구보다 강한 아이니 크게 걱정하지 않으셔도 될 겁니다. 날이 밝지 않아 조금 애매하긴 해도 마방을 발칵 뒤집어서라도 구해놓을 것입니다."

"음."

묵묵히 고개를 끄덕였지만 천인후는 일말의 불안감을 지우지 못했다.

　천소강은 일행이 타고 갈 말을 구하기 위해 수하 몇을 데리고 일찌감치 제운령을 넘었다. 황산을 벗어나 조금만 우회를 하면 소홍까지는 비교적 평평한 곳이 많았고 시간을 단축하기에 말처럼 좋은 수단은 없었기 때문이었다.

　그 이후로도 반 시진, 천인후 일행은 그들을 무척이나 힘들게 만들었던 제운령을 넘어 예전에 화전민들의 거주지였던 좁은 분지에 도착을 했다.

　며칠 전 제운령을 넘으며 봐뒀던 장소에 도착하자 천인후가 걸음을 멈추며 천우궁에게 눈짓했다.

　"이곳에서 잠시 휴식을 취한다. 너무 흐트러지진 말고."

　천우궁의 말에 곳곳에서 기쁨의 탄성이 터져 나왔다.

　본문이 위기에 빠졌기에 차마 말을 하지는 못하고 있었지만 휴식도 없는 강행군에 다들 상당히 지쳐 있는 상태였다.

　분지 곳곳으로 흩어져 최대한 편한 자세로 휴식을 취하는 수하들을 보며 천인후도 가부좌를 틀고 천천히 눈을 감았다.

　고요했던 분지는 팔십에 가까운 인원이 내는 숨소리와 간간이 들려오는 잡담 소리, 코고는 소리로 인해 상당히 소란스러웠다.

　꽤나 귀에 거슬릴 소음이었으나 천인후의 부동심을 깨뜨릴 정도는 아니었다.

　하지만 어느 순간, 그 소음과는 전혀 다른 은밀한 소리가 그의 예민한 귀에 감지되었다.

너무도 이질적이기에 오히려 확연히 들리는 소리.

전신의 세포들도 그 소리, 아니, 기운에 반응하고 있었다.

천인후의 눈이 번쩍 떠졌다.

눈을 뜬 순간, 몸은 이미 움직이고 있었다.

그럼에도 너무 늦었다.

소음에 대해 눈치챈 사람이 천인후를 제외하곤 아무도 없었지만 소음의 주인은 어느새 분지로 들이닥치고 있었다.

분지 좌우에서 모습을 드러낸 유대웅과 자우령은 휴식을 취하고 있는 낙성검문 문도들을 향해 가차없이 살수를 휘두르기 시작했다.

"크아악!"

첫 번째 비명이 분지에 울렸을 때 유대웅은 이미 세 번의 공격으로 무방비로 쉬고 있던 낙성검문의 문도 아홉의 목숨을 빼앗았다.

네 번째 공격은 때마침 달려온 천인후의 검에 의해 막혔어도 기습으로 얻은 성과는 꽤나 큰 편이었다.

맞은편에서 공격을 시작한 자우령은 오히려 유대웅보다 더욱 성과가 좋았는데 뒤늦게 움직인 천우궁의 행동이 천인후보다 다소 느렸기에 그만큼 마음대로 공격을 할 수 있었기 때문이었다.

자우령은 천우궁을 비롯하여 그와 연배가 비슷한 노고수

들이 자신의 앞을 막고 서자 무리해서 공격을 하지 않았다. 어차피 시간은 많았고 저 밑바닥에서부터 끓어오르는 분노를 삭힐 상대도 충분했다.

"와호맹주?"

유대웅과 검을 맞대고 있던 천인후가 상대의 얼굴에 쓴 호면을 보며 깜짝 놀라 물었다.

"어, 어떻게 네가 여기에?"

나직한 기합성과 함께 천인후의 검을 확 밀쳐 버린 유대웅이 어깨를 당당히 피며 소리쳤다.

"이에는 이, 눈에는 눈. 낙성검문은 와호맹을 건드려서는 안 됐소이다."

유대웅이 초천검을 하늘 높이 치켜들자 사방에서 노도와 같은 함성이 들려왔다.

'매복?'

천인후는 완벽하게 포위망을 구축하며 조금씩 범위를 좁혀오는 와호맹의 병력을 보며 눈앞에 닥친 위기를 벗어나기가 결코 쉽지 않다는 것을 직감했다.

"한데 와호맹이 어떻게 이곳에 있는 것이지? 묵사도에서 동진하고 있는 것으로 알고 있었건만."

"당연히 우리가 의도한 것이니까."

당황하는 천인후의 얼굴을 보며 유대웅은 묵사도를 떠나기 직전에 도착한 장청의 서찰을 떠올렸다.

　낙성검문의 전력을 감안했을 때 정면으로 부딪쳤을 경우 승리를 거둔다고 해도 와호맹 또한 큰 피해를 입으리라 예상한 장청은 어차피 피할 수 없는 싸움이라면 그래도 최대한 유리한 곳에서 해야 피해를 최소화할 수 있다 판단하고 한 가지 계책을 세웠다.

　계책을 성공하기 위해 묵사도 인근 수채들의 간자들까지 철저하게 이용했는데 특히 정보 조작에 심혈을 기울였다. 그의 노력은 제대로 적중을 해서 이후, 단심련에 전해진 소식들은 대부분이 하오문과 와호맹에 의해 조작된 정보들이었다.

　"묵사도를 떠난 우리들이 단심련이 아닌 동쪽으로 방향을 잡을 경우 십중팔구는 소흥의 낙성검문을 치기 위함이라고 판단할 것이라 예측했소. 그리되면 낙성검문은 뒤도 돌아보지 않고 본문으로 돌아가려고 할 터. 우린 그저 길을 막고 기다리기만 하면 되는 것이었소."

　"그곳이 이곳이냐?"

　"그렇소. 단심련을 떠난 낙성검문은 시간을 단축하기 위해 쉬지 않고 달릴 것이고 최단거리로 이동하기 위해 산길도 마다치 않을 것이라 판단했소. 하나, 산길을 이동하다 보면 체력적으로 무척이나 힘들게 마련이오. 그 절정이 바로 이곳 제운령이 될 터이고. 솔직히 우리도 이곳까지 이동하는 데 꽤나 고생했소이다."

　유대웅은 낙성검문이 제운령으로 올 것을 확신을 하면서도 혹시 몰라 인근 지역에 있는 하오문의 정보원들을 대거 동원하여 그들의 움직임을 추적했다는 것을 굳이 거론하지 않았다.

　"언제부터 우리를 기다린 것이냐?"

　"두 시진 전."

　유대웅의 대답에 천인후는 입술을 지그시 깨물었다.

　두 시진 전이라면 상대는 충분한 휴식을 취했을 터. 지칠 대로 지친 제자들과는 체력적으로 비교되지 않을 것이다.

　'한데 두 시진?'

　문득 이상한 생각이 들었다.

　뭔가를 생각했는지 천인후의 얼굴이 무섭게 일그러졌다.

　"먼저 지나간 일행이 있을 텐데?"

　"그들 말이오? 아마도 말을 구하러 간 것 같은데 기다리지 않는 것이 좋을 듯싶소만."

　"죽… 었단 말이냐?"

　"정확히는 모르오. 다만 그럴 것이라 예상할 뿐."

　마독에게 그들의 처리를 맡긴 유대웅은 천소강 일행의 죽음을 확신했다.

　"네, 네놈이 감히!"

　천인후의 살기가 분지를 휘감기 시작했다.

　그럼에도 유대웅은 태연했다.

오히려 착 가라앉은 음성으로 물었다.

"지금껏 대답을 해주었으니 나도 질문을 하나 하겠소. 낙성검문이 어째서 이 일에 끼어든 것이오? 아무리 생각을 해봐도 이해를 할 수가 없소이다. 우리와 낙성검문은 물론이고 해사방이나 단심련과의 접점도 찾을 수가 없었는데."

"……."

천인후가 침묵을 지키자 피식 웃은 유대웅이 다시 물었다.

"혹 장군가요?"

순간적으로 흠칫 놀라는 천인후.

유대웅은 그런 천인후의 반응을 놓치지 않았다.

"장군가라니! 이거야 원. 말도 안 되는 소리라 여겼는데 기가 막히는군."

유대웅은 장청이 보낸 서찰에서 낙성검문이 드러나지 않은 세력의 사주를 받았을 가능성을 내비치며 그것이 장군가일 수도 있다는 말을 언급했다. 하지만 유대웅은 물론이고 자우령과 마독도 있을 수 없는 일이라며 고개를 흔들었다.

'그래도 혹시 몰라 찔러보았건만 제대로 걸렸군.'

"무슨 헛소리냐!"

"이미 늦었소. 혹시나 하고 던진 말에 그렇게 놀랄 줄은 몰랐소이다."

"닥쳐랏!"

천인후가 참지 못하고 검을 휘둘렀다.

예상치 못한 습격을 당하고 천소강의 생사가 불분명한 상
황에서 심지어 장군가까지 자신의 실수로 엮이게 되자 천인
후는 그야말로 폭발할 듯한 분노로 유대웅을 공격하기 시작
했다.

천인후의 공격을 기점으로 낙성검문과 와호맹의 싸움도
시작되었다.

*　　　　*　　　　*

"그러니까 둘째가 따로 움직이고 있다고?"

"그렇습니다."

한호 앞에 무릎을 꿇고 보고를 올리는 사람은 오직 장주와
그의 가족들을 보호하기 위해 존재하는 천위영의 영주 허표(虛
彪)였다.

"어째서 따로 움직이지? 낙성검문은?"

"낙성검문의 움직임은 알지 못합니다. 다만 둘째 공자님을
호위하는 풍도로부터 그런 연락을 받았습니다."

"위치는?"

"구강의 안가로 향하셨습니다."

소숙이 근심 어린 표정으로 물었다.

"지금 그쪽 상황이 좋지 않다. 위험하지는 않겠느냐?"

"풍도를 비롯하여 원거리에서 공자님을 따르던 천위영 열

둘이 합류했으니 걱정하지 않으셔도 될 겁니다. 참고로 낙성
검문의 부상자들도 함께 움직이고 있다고 합니다.”

“부상자들이?”

소숙이 고개를 갸웃거리며 반문했다.

“그렇습니다. 다들 상당한 부상을 당했다고 하더군요.”

“부상자들을 따로 움직이게 한다는 것은 상황이 좋지 않다
는 말이잖아. 대체 어찌 돌아가고 있는 거야? 천검.”

한호가 천검을 불렀다.

천검이 허표 옆에 모습을 드러내자 한호가 짜증이 물씬 섞
인 음성으로 물었다.

“무슨 일인지 정보가 없느냐?”

“죄송합니다. 대부분의 잠혼이 정무맹과 하오문을 쫓는 데
집중되어 있어 확인되지 않습니다.”

“당장 모진을 불러라.”

“존명.”

천검이 연기처럼 사라지자 소숙의 시선이 허표에게 향했
다.

“구강의 안가가 놈들에게 드러날 일은 없겠느냐?”

“완벽하게 위장을 했으니 그럴 일은 없을 것입니다.”

“자신하지 마라. 와호맹의 전력이 그리 녹록치가 않아. 전
력이 강하다는 것은 그만큼 정보력도 강하다는 말이 된다. 신
중에 또 신중을 기해야 할 것이다.”

"명심하겠습니다."

허표가 자신만만하게 대답했지만 소숙은 불안감을 감추지 못했다.

"아무래도 멸혼이라도 보내야겠습니다, 장주."

"괜찮다고 하지 않습니까?"

"낙성검문이 몰릴 정도로 상황이 좋지 않을 것일 수도 있습니다. 아니, 꼭 그것이 아니더라도 큰 부상을 당했으니 장으로 불러들이는 것이 좋을 듯합니다."

"어린애도 아니고 꼭 그럴 필요까지는……."

"장주!"

소숙이 재차 다그치자 한호가 한숨을 내쉬며 고개를 끄덕였다.

"알겠습니다. 그리하지요. 천검이 돌아오는 대로 멸혼을 움직이도록 하겠습니다."

말이 끝나기가 무섭게 문이 열리며 상기된 얼굴의 모진이 방으로 들어섰다.

장주와 소숙의 심기가 불편하다는 말을 들었는지 가쁜 숨을 몰아쉬는 모진의 얼굴은 잔뜩 주눅이 들어 있었다.

"천검."

"예. 장주님."

"둘째에게 멸혼을 보내 장으로 귀환시켜라."

"존명."

천검의 신형이 다시 사라졌다.

"천검에게 얘기는 들었겠지? 어째서 둘째가 낙성검문의 부상자들과 따로 움직이는 것이냐?"

"그렇잖아도 보고를 드리려고 했습니다."

"흐음."

모진의 말에 한호의 눈빛이 서늘해질 때 소숙이 미간을 찌푸리며 소리쳤다.

"시간 끌지 말고 빨리 얘기를 해보거라. 대체 어찌된 일이냐?"

"낙성검문이 단심련을 떠나 소흥으로 되돌아오고 있다고 합니다."

소숙이 깜짝 놀라 되물었다.

"회군을 한단 말이냐?"

"그렇습니다."

"한데 어째서 부상자들은……."

"단순한 회군이 아니라 그야말로 최대한 빨리 되돌아가야 하는 이유가 있기 때문에 그렇습니다."

순간 한호의 눈빛이 빛났다.

"묵사도에 있던 와호맹주가 낙성검문을 치기 위해 움직였구나?"

"그, 그렇습니다."

모진이 당황스런 눈빛으로 한호를 응시했다.

“역시. 대단한 친구로군.”

한호의 입에서 진정으로 놀랍다는 탄성이 터져 나왔다.

“안 그렇습니까, 사부? 놈들이 어떻게 낙성검문을 상대할지 궁금해하고 있었는데 설마하니 소홍의 본문을 치려고 할 줄은 생각도 못했습니다.”

처가에 닥친 위기는 생각도 하지 않고 즐거워하는 한호와는 달리 낙성검문이 와호맹을 막기 위해 서둘러 길을 떠났다는 말을 들었을 때부터 소숙의 얼굴은 심각하게 변해 있었다.

“뭘 그리 생각하십니까, 사부?”

“아무래도 당한 것 같습니다.”

“당하다니요?”

“타초경사(打草驚蛇:풀을 쳐서 뱀을 놀라게 한다).”

“타초경사라면…….”

의문을 표하던 한호가 눈동자가 크게 흔들렸다.

소숙이 말하고자 하는 의미를 깨달은 것이다.

“당한… 겁니까?”

“예.”

“당해도 크게 당했군요.”

“아마도요.”

“하하하! 이거야 원. 큰일났군요.”

말은 그리하면서도 한호는 어딘지 모르게 기쁜 표정이었다.

그것이 마음에 안든 소숙이 대뜸 호통을 쳤다.

"지금 웃음이 나오십니까?"

"웃지 않으면 울겠습니까?"

"낙성검문이 괴멸될 수가 있습니다."

소숙의 말에 모진과 허표의 눈이 휘둥그레졌다.

"어쩔 수 없지요. 실력이 부족해서 당하는 것을 제가 어찌 하겠습니까?"

말에 냉기가 깔려 있는 것을 느낀 소숙은 한호가 낙성검문에 대해 꽤나 큰 실망을 했음을 직감했다.

"그래도 장주님의 처가요, 아이들의 외가입니다."

"흠."

입꼬리를 살짝 말아 올리던 한호가 또다시 천검을 불렀다.

"천검 거기 있느냐?"

"예. 장주님."

천검이 다시 모습을 드러냈다.

"내린 명은?"

"멸혼 일조를 구강으로 급파하였습니다."

"소흥에도 보내야겠다."

"예?"

"낙성검문으로 보내라. 가서 식솔들을 구하도록 해. 만약 와호맹이 먼저 도착한 상황이면……."

잠시 생각에 잠겼던 한호가 냉정한 표정으로 말을 이었다.

"만약 멸혼이 완벽하게 섬멸할 수 있는 상황이라면 모를까 단 한 명이라도 빠져나갈 가능성이 있다면 무조건 포기하고 철수해라."

"존명."

명을 받은 천검이 사라지자 소숙이 한호에게 물었다.

"지금 상황을 유추해 보면 낙성검문의 주력은 살아남기 힘들어 보입니다. 한데 그들을 친 와호맹주가 소홍까지 가리라 보십니까?"

"그럴 것 같습니다."

"이유를 물어도 되겠습니까?"

"저라면 그럴 테니까요."

어쩌면 성의없어 보이는 대답임에도 소숙에게는 충분한 대답이 된 모양이었다.

"그나저나 낙성검문을 포기하라고 했는데 책망하지 않으십니까?"

"그건 어쩔 수 없는 선택이지요. 전 무림이 우리를 쫓고 있는 상황에서 멸혼이 와호맹과 충돌을 했다간 자칫하면 우리가 꼬리를 밟힐 수도 있으니까요. 그래도 멸혼을 보냈으니 그 정도 배려면 충분하다 봅니다."

"그러고 보면 사부님도 참 매정하십니다. 장군가를 떠받치는 칠주이자 둘째의 외가입니다."

한호의 말에 소숙은 무심히 대답했다.

“어쨌든 본가는 아니지요.”

*　　　*　　　*

파스스스!

천우궁의 공격을 단숨에 무력화시키고 반격을 가하는 자우령의 칼은 태산보다 무거웠고 이제 막 분화하는 화산만큼이나 폭발적이었다.

천우궁이 이를 악물고 검을 움직여 막으려 하였으나 생각처럼 쉽지가 않았다.

막으면 막을수록 상대의 공세는 더욱 강맹해졌고 매서워졌다.

더구나 전신을 압박하는 기운이 장난이 아니었는데 온몸을 속박하는 듯한 느낌에 숨을 쉬기가 버거울 정도였고 발걸음은 천근만근이었다.

‘방법을 찾아야 한다.’

계속해서 이런 식으로 공방이 이어진다면 그야말로 아무것도 해보지 못하고 목숨을 잃게 되리라 여긴 천우궁은 몸에 남은 모든 내력을 검에 집중시켰다.

강력한 반탄력에 잠시 주춤하는 자우령.

순간 몸을 속박하는 기운에서 풀린 천우궁의 검이 미친 듯이 움직이고 그의 모든 내력이 담긴 검기가 사방에 뿌려지기 시작했다.

이름하여 비검풍우(飛劍風雨).

낙성검문의 시작이요 끝이라 할 수 있는 낙성검법(落星劍法)의 절초가 펼쳐지니 마치 밤하늘을 밝히며 쏟아져 내리는 유성우처럼 헤아리기가 힘들 정도로 많은 검기가 날카로운 궤적을 그리며 자우령에게 짓쳐 들었다.

"제법이군. 그 친구가 당할 만하겠어."

조용한 읊조림이 끝난 후, 천우궁을 노려보는 자우령의 눈에선 북풍한설보다 더욱 차갑고 냉막한 기운이 깃들었다.

"하지만 그렇다고 빚이 없어지는 것은 아니지."

자우령이 몸을 회전시키며 칼을 휘두르자 푸르스름한 기운이 솟구쳐 오르더니 그의 주변을 휘감으며 천우궁이 뿜어 낸 검기를 무력화시키곤 이내 천우궁을 위협하기 시작했다.

'제길!'

혼신의 힘을 다한 공격이 너무도 쉽게 막혀 버리자 어처구니가 없었다.

처음 상대를 할 때부터 솔직히 어느 정도 차이가 난다고 생각은 했지만 설마하니 이 정도까지 큰 차이가 있을 줄은 상상도 하지 못했다.

그대로 주저앉고 싶은 마음이 간절했으나 그의 어깨에는 낙성검문의 명예는 물론이고 압도적인 병력의 열세 속에서도 힘들게 버티고 있는 제자들의 목숨이 걸려 있었다.

　문제는 친우의 복수를 위해 전력을 다하기 시작한 자우령에 게서 반격의 실마리가 좀처럼 보이지 않는다는 데에 있었다.

　'소문은 들었지만 천뢰육도가 이 정도의 무공이었던가?

　천우궁은 자우령의 독문무공 천뢰육도의 매서움을 직접 겪으며 그 무지막지한 위력에 몸서리를 쳤다.

　하지만 그는 착각하고 있었다.

　오랜 칩거생활에서의 깨달음과, 유대웅의 패왕칠검을 접하면서 천뢰육도는 발전에 발전을 거듭했고 과거 자우령이 명성을 얻을 때의 천뢰육도와 지금의 천뢰육도는 이름만 같을 뿐 위력 면에선 그야말로 천지 차이였다.

　천우궁은 낙성검법의 절초를 연거푸 사용하며 위기에서 벗어나려 했지만 그가 시전하는 모든 공격은 천뢰육도의 강맹한 반격에 힘없이 부서져 버렸고 그때마다 그의 몸엔 크고 작은 상처들이 생겨났다.

　살이 쩍쩍 갈라진 옆구리에선 뜨거운 김을 뿜어내는 장기가 삐죽이 모습을 보이고 도강에 스친 어깨는 부러진 뼈마디가 살갗을 뚫고 나왔다.

　그에 반해 자우령은 참으로 여유로운 모습이었다.

　물론 연속적으로 천뢰육도를 사용하다 보니 다소 지친 모습에 곳곳에 적지 않은 상처들이 있기는 했지만 금방이라도 쓰러질 것 같은 천우궁에 비할 바가 아니었다.

　'실로 괴물이 아닌가! 무림십강에 가장 근접한 고수라더니

내가 감당할 수 있는 상대가 아니다. 차라리 와호맹주를……'

거친 숨을 몰아쉬며 고개를 슬쩍 돌리는 천우궁.

그의 눈이 찢어질듯 부릅떠졌다.

"마, 말도 안 돼!"

자신도 모르게 경악성을 내뱉는 천우궁의 눈에 들어온 것은 자신보다 더욱 비참한 지경에 몰려 있는 천인후의 모습이었다.

"대단한 검법이다. 이름을 물어도 되겠느냐?"

천인후가 비틀거리는 몸을 겨우 바로 세우며 물었다.

"패왕칠검이라 하오."

"패왕이라… 과연 이름만큼이나 패도적인 검법이었다. 지금껏 그만한 검법을 본… 쿨럭!"

천인후가 갑자기 허리를 꺾으며 거칠게 기침을 해댔다.

기침을 할 때마다 비치는 혈흔은 그의 부상이 결코 가볍지 않음을 보여주고 있었다.

선홍빛 핏물이 점점 진해지는 것을 느끼며 천인후는 유대웅의 무위에 처음으로 공포심을 느꼈다.

'한계인가?

나름 심후한 내력을 지닌 덕에 지금까지는 그럭저럭 버텨냈지만 더 이상은 무리였다.

그렇다고 포기할 수는 없었다.

저항을 포기하고 체념하여 힘없이 목숨을 맡기는 일은 용납되지 않았다.

한줌의 힘이라도 남아 있다면 검을 들어야 했다.

그것이 낙성검문 무인으로서의 기본자세요, 자부심이었다.

'승부다.'

천인후의 눈에 결연한 빛이 떠올랐다.

자신이 펼칠 무공은 그에게 유성검이라는 별호를 안겨준 낙성검법의 마지막 초식 은하구멸(銀河俱滅)이었다.

나이 스물일곱에 세상에 이름을 알리고 칠십에 이르도록 꺾인 적이 없다는 유성검 천인후.

무림십강과 대결을 펼쳐도 결코 밀리지 않을 것이라는 소문대로 혼신의 힘을 다해 펼치는 마지막 공세는 실로 가공할 만한 것이었다.

그저 검을 사선으로 치켜세웠음에도 주변을 뒤덮는 거대한 기운은 주변의 모든 싸움을 중지시키기에 충분했다.

피 튀기는 싸움을 멈추고 얼떨결에 물러난 와호맹과 낙성검문의 무인들은 둘의 대결을 바라보며 온몸을 부르르 떨었다. 단순히 바라보는 것만으로도 전신의 떨림을 감출 수가 없었다.

유대웅의 얼굴에도 긴장의 빛이 흘렀다.

그것도 잠시, 이내 평온함을 되찾은 유대웅의 눈빛은 무섭
도록 냉정했다.

유대웅이 초천검을 힘주어 잡았다.

우우우웅!

유대웅의 가공할 내력이 초천검에 실리자 청명한 검명이
황산을 휘감는 듯했다.

"타하합!"

힘찬 기합성과 함께 천인후의 검이 매섭게 움직이고 검에
서 뿜어져 나간 날선 강기가 유대웅의 목숨을 노리며 날아갔
다.

단숨에 공간을 가르고 짓쳐드는 강기의 물결에도 유대웅
은 피하지 않았다.

자칫 기세에 밀리면 지금까지의 우위가 먼지처럼 사라지
고 엄청난 위기에 처할 것임을 본능적으로 느끼는 듯했다.

초천검이 날카롭게 움직이며 패왕칠검의 여섯 번째 초식
낙성폭망이 펼쳐졌다.

묵직한 폭음을 동반한 검강이 천인후가 뿜어낸 기세와 정
면으로 맞부딪쳤다.

꽈꽈꽈꽝!

묵직한 충돌음과 함께 엄청난 충격파가 사방을 강타했다.

낙성폭망으로 상대의 공격을 막아낸 유대웅이 천인후와
거리를 좁히며 운룡번천과 검파만첩을 연이어 펼쳤다.

천인후도 결코 물러서지 않고 필사적으로 검을 움직이며 유대웅의 공격을 막아내고 반격을 가했다.

꽝! 꽝! 꽝!

제대로 보이지 않을 정도로 빠르게 움직이며 격렬하게 부딪치는 유대웅과 천인후. 그들이 쏟아내는 충격파가 전장을 뒤흔들었다.

'조금만 더!'

진원지기까지 쏟아내며 유대웅의 공격을 훌륭히 막아내고 몇 번의 역공으로 상당한 성과를 얻은 천인후는 어쩌면 이길 수도 있다는 생각을 하게 되었다.

바로 그 순간, 사방을 옥죄며 밀려드는 엄청난 기운이 천인후의 전신을 강타했다.

조화심공을 극성으로 끌어올린 유대웅.

패왕칠검의 마지막 초식 노룡붕천은 무모할 정도로 내력의 소모가 컸지만 그만큼 압도적인 위력을 지녔다.

초천검에서 다시금 웅장한 검명이 흘러나오고 검끝에서 불쑥 모습을 드러낸 노룡이 천인후를 향해 거대한 분노를 토해냈다.

'마지막!'

막아내지 못하면 그것으로 끝이었다.

최후의 힘까지 끌어 모은 천인후가 낙성검법의 절초들을 연거푸 펼쳤다.

천인후의 검에서 뿜어져 나온 강기가 그와 유대웅 사이의 공간을 장악해 갈 때 노룡의 거친 숨결이 강기를 강타하며 엄청난 폭음을 만들어냈다.

충격을 감당키 힘든 것인지 천인후의 신형이 무섭게 흔들렸다.

그 찰나, 천인후가 일으킨 강기를 모조리 분쇄해 버린 노룡이 최후의 일격을 가해왔다.

꽈꽈꽈꽝!

거대한 충돌음과 함께 후폭풍을 동반한 무시무시한 충격파가 주변을 휩쓸며 모든 것을 부숴 버리기 시작했다.

천년 동안 자리를 지켜왔던 거목이 쓰러지고 그 거목을 받치던 암석이 박살 났다.

넋을 잃고 싸움을 지켜보던 이들은 물론이고 두려움에 미리 몸을 빼던 이들까지 충격파에 휘말려 목숨을 잃고 나니 유대웅을 중심으로 반경 오 장 안에는 사람이든 사물이든 그 어떤 것도 무사하지 못했다.

"크으으으."

천인후의 입에서 고통의 신음이 흘러나왔다.

유대웅의 공격을 온몸으로 감당한 천인후의 모습은 차마 눈을 뜨고 볼 수 없는 처참함 그 자체였다.

부러진 검에 의지해 간신히 몸을 지탱하고 있기는 했지만 온몸이 갈가리 찢기고 뼈마디가 부러져 도저히 사람이라 할 수 없는 몰골을 지니고 있었다.

“졌…다.”

천인후는 패배를 인정하는 한마디를 내뱉고 한참이나 피를 토해냈다.

힘겹게 피를 토해낸 천인후가 허탈한 눈으로 주변을 살폈다.

둘의 대결이 막바지에 이를 무렵 싸움은 거의 정리가 된 상태였다.

전체적인 전력이 현저한 열세에 몸과 마음이 지칠 대로 지쳤음에도 그 명성 그대로 대단한 선전을 펼친 낙성검문의 제자들은 와호맹의 파상공세 속에서 결국 하나둘 쓰러지고 목숨을 부지하고 있는 이는 다섯이 채 되지 않았다.

‘자네마저……’

자우령의 칼에 의해 쓰러진 천우궁의 주검을 보는 천인후의 눈가가 살짝 떨렸다.

평생지기였던 사검로의 주검도 눈에 들어왔다.

꽤나 치열한 공방을 벌였는지 사검로의 주검을 발아래 두고 있는 단혼마객과 뒤늦게 싸움에 참여한 마독이 서로의 어깨에 기대어 힘겹게 숨을 몰아쉬고 있었다.

“크아악!”

단말마의 비명과 함께 마지막까지 저항하던 호위대장 방교가 이석의 검에 목숨을 잃었다.

오랜 격전 끝에 방교를 쓰러뜨린 이석은 그 자리에 주저앉아 호천단원들의 걱정을 샀지만 의외로 큰 부상은 없어 보였다.

방교의 죽음을 안타까운 눈으로 지켜보던 천인후가 유대웅을 돌아보았다.

"부탁… 이 있다."

"말씀하십시오."

유대웅이 정중히 말했다.

비록 적이었지만 천인후는 충분히 존중받을 만한 인물이었다.

"우리의 악연… 은 이것으로 마… 무리하자꾸나."

유대웅은 그의 말뜻을 금방 알아들었다.

한마디로 소흥에 있는 낙성검문은 건드리지 말아달라는 것이었다.

천인후의 흔들리는 눈동자를 잠시 바라보던 유대웅이 고개를 끄덕였다.

"그리하지요. 이곳에서 마무리를 하겠습니다."

"고맙다."

천인후는 유대웅의 말에 진심으로 고마워했다.

그 말에 안심이 된 것인지 간신히 버티던 천인후의 몸이 천천히 무너져 내렸다.

천인후의 공허한 눈이 여명에 밀려 마지막 발악을 하고 있는 별에게 향했다.

그 애처로운 모습이 마치 자신의 처지와 같다고 여긴 것인지 차가운 대지 위에 몸을 누인 천인후의 입가엔 씁쓸한 미소가 걸렸다.

천인후의 죽음을 확인한 유대웅이 초천검을 번쩍 들어 올리자 분지를 가득 메우고 있던 와호맹 무인들의 입에서 일제히 함성이 터져 나왔다.

그것은 곧 치열했던 싸움이 승리로 끝났다는 것을 떠나 마침내 장강일통을 해냈다는 선언과도 같은 것이기 때문이었다.

                    *   *   *

"해사방은 어찌 처리할 생각인가요?"

항몽이 군산은침의 차향을 가볍게 음미하며 물었다.

"잘 모르겠습니다. 도주한 놈들을 굳이 쫓는다는 것도 마음에 내키지는 않습니다. 의도야 어쨌든 더 이상의 피를 흘리지 않게 만든 공도 있으니까요."

장청의 말에 우장로가 쓴 웃음을 지었다.

"그러게. 큰 혼란이 예상되기는 했지만 설마하니 지들끼리 치고받을 줄이야 상상도 못했지."

유대웅과 수하들이 낙성검문을 치기 위해 황산 제운령의 분지에 막 도착하던 그 시각, 단심련의 본거지에서도 큰 사건이 벌어졌다.

낙성검문이 전격적으로 철수를 하자 뒤에 남은 단심련과 해사방은 와호맹에 대한 극도의 두려움으로 신경이 바짝 곤두섰는데 해사방의 수장이라 할 수 있는 채탁마저 철군을 결정하면서 양측의 갈등은 최고조에 달했다.

홀로 와호맹을 상대할 자신이 없었던 상관홍은 해사방의 철군을 용납할 수가 없었고 채탁은 채탁대로 승산이 없는 싸움에, 게다가 이미 엄청난 희생을 치른 상황에서 굳이 단심련에 남아 있을 이유가 없었다.

양측의 갈등은 와호맹에 채탁의 목을 바치고 자신만이라도 살아남겠다는 상관홍의 욕심으로 인해 폭발하고 말았다. 채탁의 거처를 전격적으로 습격한 것이었다.

하지만 처음부터 의심의 눈길로 상관홍을 지켜보고 있던 채탁은 오히려 함정을 파고 그들을 기다렸다.

습격자들을 단숨에 섬멸한 채탁은 그대로 반격에 나섰다.

모래알처럼 흩어진 단심련과 비교했을 때 채탁을 구심점으로 한 해사방의 저력은 무서웠다. 그들은 상대적으로 적은 병력임에도 단 한 시진 만에 단심련을 완전히 장악해 버렸다.

채탁은 몰래 도주를 하다가 수하들에 의해 꼴사나운 몰골로 사로잡힌 상관홍을 마음껏 유린한 후 목을 베어버렸다. 그리곤 뒤도 돌아보지 않고 그대로 단심련을 떠났다.

그렇잖아도 총공격을 감행하려던 금완은 단심련의 움직임이 이상하다는 운밀각 요원들의 보고에 그 즉시 병력을 이끌고 단심련을 쳤다.

싸움은 없었다.

그들이 본 것이라곤 널브러진 시신들과 버려진 병장기뿐이었다.

상관화는 머리가 잘린 모습으로 쓰러져 있는 상관홍의 주검을 보며 만감이 교차하는 표정으로 눈물을 흘렸다.

와호맹은 의도야 어쨌든 해사방 덕에 단심련에 무혈입성을 하게 되었다.

"해사방의 운명은 맹주께서 돌아오시면 다시 논의하게 될 것입니다."

"그런데 걱정이네요. 지금쯤이면 소식이 들어올 때가 되었는데요."

항몽이 걱정 가득한 표정으로 말했다.

그 말을 듣기라도 했는 듯 쿵쾅거리는 소리와 함께 문이 벌컥 열렸다.

"이, 이겼습니다."

방으로 뛰어 들어오는 좌장로의 말에 초조히 결과를 기다리고 있던 항몽과 우장로가 환호성을 질렀다.

당연히 승리할 것이라 여기고 있던 장청은 오히려 차분한 모습이었다.

그에게 중요한 것은 단순히 이기는 것이 아니라 얼마나 적은 피해로 이기느냐는 것이었다.

"피해는 얼마나 된다고 합니까?"

"생각보다 큰 피해는 없는 듯하네. 호천단과 흑호대, 황호대를 모두 포함하여 대략 백여 명 정도가 목숨을 잃었다는군. 흑호대의 피해가 상대적으로 크다고 하지만 그에 반해 낙성검문은 전멸이라고 하니 이만하면 큰 승리 아니겠나?"

"대승일세."

우장로가 박수를 치며 소리쳤다.

항몽도 안도한 표정으로 얼굴 가득 미소를 띠었지만 장청은 여전히 불만 어린 표정이었다.

"무섭군요, 낙성검문. 완벽하게 함정에 빠뜨렸음에도 불구하고 그 정도 피해를 입을 줄은 몰랐습니다. 다들 지칠 대로 지쳐 있었을 텐데."

장청의 한숨에 좌장로는 쓴웃음을 지었다.

"다른 곳도 아니고 낙성검문일세. 절강성의 패자. 그 적은 인원으로 무릎을 꿇린 문파들이 얼마인지 아는가? 낙성검문이 와호맹에 무너진 것을 알면 모르긴 몰라도 무림에서 난리가 날 것이네."

"단 두 번의 싸움에서 와호맹의 주력 중 사 할이 사라졌습니다. 특히 적호대는 전멸에 가까운 피해를 당했고요. 어느 정도 실력 차가 있으리라 여겼지만 개개인의 실력 차이가 상

당하군요. 후~ 차이가 많이 좁혀졌다고 여겼는데 그것이 아
닌 모양입니다.”
　“시작부터가 다르니까 어쩔 수 없는 일이지. 그래도 와호
맹엔 훌륭한 무사부들이 많으니 곧 극복할 수 있을 것이네.
단심련과 해사방까지 굴복시킨 데다가 낙성검문까지 무사히
물리쳤으니 이제 장강은 와호맹의 것이 아닌가? 모르긴 몰라
도 숨은 인재들도 많이 얻을 수 있을 것이야.”
　우장로의 말이 그다지 위로가 되지 않는 듯 장청은 쓴웃음
만을 지을 뿐이었다.
　“아, 그런데 한 가지 놀라운 사실이 있습니다.”
　“무엇이요?”
　항몽이 물었다.
　“일전에 낙성검문과 해사방의 관계에 대해서 얘기를 한 적
이 있지 않습니까?”
　“그랬지요.”
　장청이 상체를 숙이며 대답했다.
　“장군가였다고 합니다.”
　“마, 말도 안 돼!”
　우장로가 경악하며 벌떡 일어났다.
　그럴 수도 있다고 예상했으나 사실 기대도 하지 않았는데
막상 사실로 드러나자 장청과 항몽 역시 놀라움을 감추지 못
했다.

"기겁할 일이군요. 낙성검문과 해사방이라면 그야말로 극과 극이라 할 수 있는 세력입니다. 그 두 세력이 장군가에 의해 움직였다면 정, 사, 마를 가리지 않고 대체 얼마나 많은 문파가 장군가에 휘둘리고 있다는 말입니까?"

장청은 장군가의 힘에 전율을 금치 못했다.

"장군가의 숨겨진 힘은 그 끝을 알 수가 없다는 점이 실로 두려운 것이지요."

항몽이 딱딱하게 굳은 얼굴로 말했다.

하지만 단순히 두려워하는 것 같지는 않았다.

그녀에게선 오랫동안 장군가와 대립해 왔던 패왕가의 당대 가주로서 감출 수 없는 전의가 흘러나왔다.

"대체 이만한 힘을 가지고 어떻게 지금까지 아무런 움직임도 보이지 않을 수 있었단 말입니까? 그것이 이해할 수가 없습니다."

"아시다시피 몇 번의 실패가 있었고 그때마다 오랜 시간 동안 세상에 모습을 드러낼 수가 없었지요. 다시는 그런 실패를 되풀이하지 않기 위해 신중을 기하는 것 같아요. 게다가 근 백 년 무림은 그야말로 최절정기를 맞고 있으니 더욱 조심하는 것이겠지요."

"그런데 이처럼 노골적으로 야욕을 드러냈다는 것은……."

"예. 준비가 끝났고 시작을 했다는 것이지요. 장강을 노리는 것도 그런 이유 중 하나라고 봐요. 장강의 물길을 잡는 자가 대륙을 장악한다는 것은 오래된 상식이니까요."

"꼭 그런 것 같지는 않은데요."

장청이 피식 웃었다.

"그만큼 중요하다는 의미지요. 정무맹이나 마황성, 사혈림에서도 호시탐탐 장강을 노렸어요. 그럼에도 선뜻 손을 뻗지 못한 것은 상대의 견제가 무섭기 때문이지요. 마주보면 창칼을 들이대는 험악한 사이라도 그 순간만큼은 손을 잡을 수도 있으니까요."

"그렇다면 이게 끝이 아닐 수도 있겠군요."

장청의 표정이 심각하게 변했다.

"그렇다고 봐요. 분명 다른 방법을 강구해서라도 장강을 차지하려 들 거예요. 대책을 세워야 돼요."

"대책은 이미 세워졌습니다."

"예?"

장청의 말에 항몽이 놀란 눈으로 물었다.

"방금 전에 해결책을 말씀해 주셨잖습니까?"

"그게 무슨……."

항몽은 여전히 이해를 하지 못했다.

"장강을 차지하지 못하게 하기 위해서라면 원수끼리라도 손을 잡는 것을 마다하지 않는다면서요. 그걸 이용하면 된다고 봅니다. 그러기 위해선 하오문의 도움이 절실히 필요합니다만.”

“당연히 도와야지요. 말씀해 보세요.”

“은밀히 소문을 내주셨으면 합니다. 이번 일에 장군가가 관여되어 있다고. 낙성검문과 해사방을 동원하여 장군가가 장강을 차지하려 하고 있다고 말이지요.”

“아!”

항몽도 장청이 말하고자 하는 바를 이해했는지 나직이 탄성을 터뜨렸다.

“우리가 낙성검문을 쓰러뜨렸다는 것만으로도 많은 주목을 받게 되어 있는데 장군가까지 개입되어 있다는 소문이 나게 되면 장군가도 함부로 움직이지는 못할 겁니다. 설사 움직인다고 해도 정무맹과 마황성, 혈사림에서 그들을 막아줄 겁니다. 장강을 빼앗기지 않기 위해서라도요.”

“그렇다고 너무 그들을 믿는 것은 좋은 생각 같지는 않아요.”

“물론입니다. 자체적으로 힘을 키워야지요. 장군가라 하더라도 함부로 할 수 없을 정도로 강력한 힘을요.”

차갑게 빛나는 장청의 눈빛을 보며 항몽은 물론이고 두 장로까지 장강을 넘어 무림으로 도약하는 와호맹의 꿈이 결코 헛된 것은 아니라는 것을 새삼 깨달을 수 있었다.

＊　　　　＊　　　　＊

“크으으!”

탁한 신음과 함께 흙먼지 속에서 한 노인이 모습을 드러냈다.

형체를 알아보기 힘들 정도로 갈가리 찢어진 의복, 머리카락은 봉두난발이 되었으며 입가에 선홍빛 피를 흘리고 있는 사람은 다름 아닌 장강무적도 뇌하였다.

그의 맞은편, 뇌하보다 더욱 심한 몰골로 비틀거리는 사람은 천인후와의 대결에서 얻은 부상이 채 낫기도 전에 장강무적도라는 절대고수와 대결을 펼치게 된 유대웅이었다.

“더 하시겠습니까?”

유대웅이 초천검에 의지해 겨우 중심을 잡으며 물었다.

물끄러미 그를 바라보는 장강무적도.

많이 지치기는 했지만 눈앞의 애송이의 버릇을 단단히 고쳐 줄 힘은 충분히 남아 있었다.

그러나 문제는 눈앞의 애송이 또한 능히 그만한 힘이 남아 있다는 것.

자칫하다간 단순한 비무를 넘어 생사의 대결로 이어질 수가 있었다.

황산에서 낙성검문을 괴멸시킨 유대웅이 파양호로 돌아와서 가장 먼저 한 일은 무화채에서 절체절명의 위기에 빠진 수하들을 구해준 장강무적도 뇌하를 만나 감사를 표하는 일이었다.

처음, 유대웅을 만나기 전까지 뇌하는 그에 대해 그닥 관심이 없었다.

상관화가 입에 침이 마르도록 칭찬을 하는 바람에 오히려 반감이 생길 정도였는데 정작 유대웅을 마주하게 되자 그런 생각은 한순간에 천리 밖으로 달아나 버렸다.

뇌하는 유대웅의 전신에서 느껴지는 기운을 제대로 파악했다.

유대웅은 고수였다.

그것도 단순한 고수가 아니라 무림십강에 버금가는, 아니, 엄밀히 말하자면 누군가를 밀어내고 능히 한자리를 차지할 수 있을 정도로 강한 고수였다.

평생 동안 유일하게 그를 초라하게 만들었던 화산검선이 우화등선을 한 이후, 뇌하는 호승심이라는 말은 더 이상 자신과 상관이 없는 단어라 여겼다.

그런데 아니었다.

유대웅을 보는 순간 가슴 저 깊은 곳에서부터 참을 수 없는 호승심이 용솟음쳤다.

게다가 과거에 안면이 있던 자우령의 말은 그 호승심에 제대로 불을 지펴 버렸다.

"녀석의 검은 후배보다 강하오. 어쩌면 선배보다도……."

뇌하는 한 사람의 무인으로서 유대웅에게 비무를 청했
다.

세인들이 알면 그야말로 기겁할 일이었다.

무림십강 중에서 세 손가락 안에 꼽히는 뇌하가 이제 겨우
명성을 얻어가는, 그것도 수적 떼의 우두머리에 불과한 유대
웅에게 비무를 청한 것은 일대 사건이라 할 만했다.

하지만 유대웅은 순순히 비무를 받아들이지 않고 이런저
런 핑계를 대며 거절했다.

그런 유대웅의 모습에 화가 머리끝까지 치밀었지만 그렇
다고 무작정 공격을 할 수 없었던 뇌하를 보며 자우령이 중재
에 나섰다.

뇌하는 자우령으로부터 유대웅이 자신을 이길 경우 와호
맹에 남을 것을 약속하라는 조건을 들으며 가소롭다는 듯 웃
었다.

유대웅이 필사적으로 비무를 피한 이유를 비로소 알게 된
것이다. 그리고 검은 속내까지도.

그럼에도 흔쾌히 조건을 받아들인 것은 절대로 지지 않는
다는 자신감의 발로였으나 유대웅의 초천검이 그에게 향하는
순간 자신감은 산산이 깨지고 말았다.

그리고 바로 지금, 승부를 결정짓지 못한 뇌하는 고민에 빠
지고 말았다.

그는 아직까지 최선을 다하지 않았다. 그건 유대웅 또한 마찬가지였다. 다만 유대웅이 뇌하보다 지쳐 보이는 것은 천인후와의 대결에서 입은 부상이 완전히 회복되지 않았기 때문이었다.

아무리 생각해도 더 이상의 비무는 무의미했다.

"이제 그만하자. 네 실력은 충분히 보았다."

"그럼 약속하신 대로……."

"시끄럽다. 실력을 보았다고 했지 패했다고는 하지 않았다."

스스로도 대답이 궁색했다고 여긴 뇌하가 멀리서 비무를 지켜보던 상관화를 가리키며 한마디를 덧붙였다.

"어차피 낙뢰도법의 명예를 실추시킨 저 못난 놈 때문이라도 잠시 머물 생각이었다."

"가, 감사합니다."

"감사할 것 없다. 잠시 머문다고 와호맹과 별다른 관계가 생기는 것은 아니니까."

별다른 관계야 시간이 지나면 어떻게 변할지 모르는 것. 냉랭한 뇌하의 말에도 유대웅은 웃음을 감추지 못했다.

*　　　*　　　*

"애썼다. 임무를 마치고 돌아오면 충분한 포상을 하도록 하여라.”

“알겠습니다.”

낙성검문으로 급파한 멸혼대가 낙성검문의 식솔들과 남은 문도들을 무사히 탈출시켰다는 보고를 받은 한호는 자신도 모르게 안도의 한숨을 내쉬었다. 내색은 하지 않았지만 그래도 처가의 일인지라 최악의 상황만은 면했으면 하는 바람이 있었기 때문이었다.

“진이는?”

소숙이 물었다.

“멸혼대가 구강의 안가로 합류했다는 소식만 올라왔습니다. 지금쯤이면 이미 몸을 피하셨을 것입니다.”

천검은 아침에 받은 보고서를 떠올리며 대답했다.

“고생했다. 네가 고생이 많았구나.”

평소 칭찬에 인색했던 소숙의 말에 천검이 감격스런 표정을 짓자 소숙이 코웃음을 치며 덧붙였다.

“하긴, 그 정도로 해내지 못하면야 그 자리에 붙어 있지도 못했겠지만.”

천검의 얼굴이 일그러질 찰나 소숙이 한호에게 고개를 돌렸다.

“이제 어찌하시렵니까?”

“뭐를 말입니까?”

“장강 말입니다.”

“그런 망신을 당했는데 가만히 있을 수는 없지요. 필요한 곳이기도 하고.”

“그렇지만 상황이 묘하게 돌아가고 있습니다.”

“묘하다니요?”

한호가 미간을 꿈틀거리며 물었다.

“무림에 수상한 소문이 돌고 있습니다. 낙성검문과 해사방을 움직인 것이 장군가이고 장강을 노리고 있다고 말이지요.”

“흠, 틀린 말은 아니군요.”

“장주!”

“예상했던 일입니다. 아마도 와호맹이 흘렸겠지요. 자신들을 지키려는 방법으로 말입니다. 문제는 그들이 어떻게 우리가 해사방과 낙성검문에 개입했는지를 알아냈느냐는 것입니다.”

“해사방은 아닙니다. 애당초 놈들과 이어진 선은 공 장로뿐이었으니까요.”

“그렇다면 낙성검문이군요.”

“그것도 아닐 겁니다. 낙성검문에서도 그들이 우리 장군가와 연계되어 있다는 것을 알고 있는 사람은 문주 일가와 어느 정도 연배가 되는 자들뿐입니다. 그리고 죽음으로 비밀을 지킬 사람들이지요.”

“차라리 낙성검문 쪽에서 문제가 있었으면 좋겠습니다. 다

른 쪽에서 정보가 흘러갔다면 그것이 더 심각한 일이니까
요.”

“확인을 해보겠습니다만 제 추측으론 와호맹에서 작심하
고 그런 소문을 냈다고 봅니다. 와호맹은 지난 싸움에서 엄청
난 피해를 당했습니다. 물론 그 피해라는 것도 제 예상보다는
너무도 미미해서 놀라고는 있습니다만 어쨌든 그들 입장에선
큰 피해지요. 수습하려면 꽤나 오랜 시간이 걸릴 겁니다. 해
서 와호맹은 장군가를 끌어들임으로써 안전을 확보하려는 계
획을 세운 것입니다. 설사 어떤 세력이 장강이 욕심난다고 하
더라도 함부로 준동할 수 없도록 말이지요.”

“일리가 있는 말이네요. 흠, 그렇다면 우리 쪽에서도 당분
간은 장강을 포기해야 하겠군요.”

“예. 아깝지만 어쩔 수 없습니다. 대신 언제라도 장악할 수
있도록 준비는 할 생각입니다.”

“사부께서 계획을 세워주세요. 아무튼 가끔 생각하는 것이
지만 와호맹의 군사 말입니다.”

“장청이라고 하지요. 뛰어난 녀석입니다.”

“예. 탐나는 인재입니다. 수적 떼 속에서 썩히기는 정말 아
까울 정도로요.”

한호는 맛있는 음식을 눈앞에 둔 사람처럼 혀를 날름거렸
다.

‘쯧쯧, 또 버릇이 나오는군.’

눈에 띄는 인재라면 반드시 자신의 사람으로 만들고자 하는 한호의 욕심 때문에 천무장엔 엄청난 수의 식객이 머물고 있었다. 그들이 지닌 힘이 얼마나 대단한 것인지 너무도 잘 알고 있었지만 때로는 지나친 감이 있었다.

소숙은 피아를 가리지 않는 한호의 욕심에 결국 고개를 설레설레 흔들고 말았다.

第七十二章

장강일통(長江一統)

　단심련을 무너뜨리고 해사방과 낙성검문까지 완벽하게 괴멸시키며 장강을 일통한 와호맹은 뜨겁게 타올랐던 분위기가 어느 정도 수습되자 새로운 변화를 모색했다.

　우선 명칭을 와호맹에서 장강수로맹으로 고친 뒤 동정호 군산을 본거지로 삼고 삽협과 동정호, 파양호를 중심으로 각 열두 개씩, 총 서른여섯의 수채를 휘하에 두었다.

　수채의 수장들은 장강수로맹의 장로로 추대되었으며 주요한 사안에 대한 의결권까지 주었으나 새롭게 설치된 원로회의 권위에는 대항할 수가 없었다.

　원로회의 구성원은 과거 와호맹의 핵심 수뇌들로 채워졌

으며 기존의 장로와 호법의 지위를 겸할 수 있었는데 그 면면을 보자면 태상장로 자우령, 일점혈 마독, 천인후와의 대결에서 패하며 사경을 헤맸지만 결국 부활한 영사금창 뇌우, 단혼마객 설진건, 단전이 파괴되고 한쪽 팔마저 잃었으나 그동안의 공을 인정받은 이휘, 나이는 어려도 와호맹에서 맹주 이상의 영향력을 지닌 군사 장청, 그리고 마지막으론 하오문 문주 항몽이 한자리를 차지했다.

특히 항몽의 경우 그 정체를 제대로 아는 사람이 없어 다들 두려워했는데 자리의 중요성을 감안했을 때 틀림없이 맹주의 심복으로 각 수채의 동정을 살펴 보고하는 중요한 임무를 지닌 자라고 제멋대로 추측한 결과였다.

유대웅과의 대결에서 무승부를 선언하고 상관화에게 무공을 가르치겠다는 명분하에 와호맹에 잔류한 장강무적도 뇌하를 원로회의 구성원으로 끌어들이기 위해 온갖 방법을 썼던 유대웅과 장청은 결국 그를 식객이자 생사림의 무사부로 주저앉히는 것에 만족할 수밖에 없었다. 하지만 장강무적도의 명성과 실력을 감안했을 때 그것만으로도 충분했다.

장로전과 호법전, 집법단의 틀은 기존과 변함이 없었고 맹주 직속으로 호위대인 호천단, 감찰단을 두었다.

호천단의 단주엔 여전히 이석이, 이휘의 은퇴로 공석이 된 감찰단주엔 전 운밀각 각주였던 진수가 새롭게 임명되었다.

군사 직속으론 예전과 마찬가지로 정보조직인 운밀각을 두었으며 각주엔 짧은 시간 동안 그 능력을 제대로 보여준 사도진이 발탁되었다.

장강수로맹의 모든 생활을 총괄할 총관부도 새롭게 신설되었다.

총관은 형돈(衡豚)이란 자로 전임 총관이자 현재 상계에서 폭풍의 핵으로 떠오른 풍림상단의 주인 종리구가 천거한 인물이었다.

형돈은 까다롭기가 종리구 이상이라 다들 원성이 자자했는데 오직 한 사람, 장청만은 그를 몹시 마음에 들어했다.

장강수로맹의 무력을 담당할 전투대는 기존의 백호대, 적호대, 흑호대, 황호대, 단심대, 월광대, 유성대를 그대로 유지했으며 각대의 인원은 백 명으로 확정했다.

낙성검문과의 싸움에서 실력 차를 절감한 유대웅은 각 전투대의 실력 향상을 위해 필사적으로 노력했다.

각 전투대는 일정한 주기로 생사림으로 보내져 훈련을 받았는데 그들은 자우령을 필두로 단혼마객, 뇌우, 마독의 감독하에 그야말로 혹독한 수련을 해야 했다.

괴팍한 성격에 무시무시한 실력을 지닌 장강무적도의 합류는 그들에게 또 하나의 시련을 안겨주었다. 특히 그 누구보다 실전 같은 훈련을 강조하는 유대웅이 방문을 하는 날은 지옥문이 열리는 날이기도 했다.

그밖에도 다소간의 변화가 있었지만 대부분이 와호맹에서 그대로 옮겨온 것인지라 큰 틀에는 변화가 없었다.

조직을 정비한 장강수로맹은 운밀각과 하오문의 강력한 정보망을 이용해 장강일대의 움직임을 촘촘히 살피며 장군가의 도발 등 혹시 모를 위협에 대비하고 유대웅과 수뇌들은 혼연일체가 되어 전력 증대에 최선의 노력을 다하면서 안정적으로 성장하기 시작했다.

그렇게 일 년이란 시간이 흘렀다.

＊　　　＊　　　＊

"어디서, 누구에게 당한 것이지?"

질문을 하는 조고의 안색은 핏기가 하나도 없었고 육중한 몸은 부들부들 떨렸다.

"호북지부를 살피러 갔다가 빙매화(氷梅花)에게 그만……."

"빙… 매화? 화산의 그 어린 계집을 말하는 건가?"

"그렇습니다. 화산의 검이라 불리던 청정자의 제자입니다."

태사가 나직이 대답했다.

빙매화 영영.

화산에서 벌어진 참사 이후, 새롭게 방장이 된 무진 도장은 안으로는 피해 복구에 전력을 다하면서도 밖으로는 실추된 화산의 명예를 회복하기 위해 영영을 하산시켰다.

원래는 다른 제자를 정무맹에 보내 사사천교와의 싸움에 참여시키려 하였으나 그렇잖아도 피해가 큰 상황에서 따로 많은 제자들을 보내는 것도 부담이 되었고 영영 스스로 강력히 원했기에 그리 허락을 한 것이다.

처음, 화산파에서 보내온 토벌 병력이 영영과 그녀를 수행하기 위한 제자 몇 명에 불과하다는 것이 확인되자 정무맹 곳곳에서 비웃음이 흘러나왔다. 화산의 몰락이 시작되었다고 막말을 하는 이들도 있었다.

그런 세간의 평가는 사사천교와의 싸움에서 그녀가 보여준 무위로 씻은 듯이 사라졌다.

공식적으로는 화산의 검이라는 청정자의 제자였으나 사실상 그녀를 가르친 사람은 화산검선이었다.

심지어 화산검선이 그녀가 사부인 청정자를 뛰어넘었다고까지 말할 정도로 영영의 무위는 출중했다.

하지만 어렸을 적부터 앓아온 병으로 인해 누구보다 사람의 정에 굶주렸던 영영은 사랑했던 사부의 죽음을 눈앞에서 본 이후 성격이 상당히 변했다.

늘 상냥하고 웃음이 많던 얼굴은 차갑고 냉정하게 변했으며 전신에선 한기가 풀풀 풍겼다. 손속엔 인정이 없었다.

가차없이 살수를 쓰는 그녀를 보며 사사천교 쪽에선 화산 나찰이라 부르며 경원시했고 반대로 정무맹에선 그녀의 무위에 찬사를 보냈다. 빙매화란 별호를 얻은 그녀를 추종하는 무리도 무수히 생겨났다.

그리고 정확히 이틀 전, 그녀는 토벌대의 일원으로 사사천교의 호북지부를 급습했고 그곳에서 사사천교의 부교주 조중의 목숨을 빼앗는 성과를 거뒀다.

정무맹 쪽에서야 더할 수 없는 큰 전과였지만 반대로 사사천교에서 감히 상상도 할 수 없는 참극이 벌어진 것이었다.

"그러니까 계집년 따위가 감히 내 아들을 죽였단 말이지? 이 조고의 아들을!"

조고의 눈에서 숨 막히는 살기가 뿜어져 나왔다.

"진정하십시오, 교주님."

"진정? 지금 나보고 한 소리야, 태사?"

"송구합니다."

"진정 따위는 개나 주라고 해. 아들을 잃었어. 이 조고의 하나뿐인 아들을."

조고의 눈에서 광기가 흘러나왔다.

"지금 당장 움직일 수 있는 병력이 얼마나 되지?"

"교주님."

"태사! 얼마나 되냐고 물었다."

태사의 입에서 나직한 한숨이 흘러나왔다.

불같이 화를 내는 조고의 모습은 평소 수하들 앞에서 그런대로 자신의 체면을 살려주던 것과는 완전히 딴판이었다.

'고슴도치라도 제 새끼는 예쁜 법이지.'

단순한 고슴도치가 아니었다.

목숨을 잃은 조중은 뛰어난 인재였다.

무공 실력도 좋았고 수하들로부터 많은 존경까지 받을 정도로 인품도 지녔다.

조고는 주화입마로 인해 접어야 했던 꿈을 아들에게서 보고 있었다.

그런 아들을 잃었으니 그 슬픔, 분노는 말로 표현을 할 수가 없을 터. 그 어떤 말로도 막을 수가 없었다.

"화산입니까?"

"그래."

잠시 생각에 잠긴 태사가 입을 열었다.

"사흘 이내에 삼백 정도는 동원할 수 있을 것 같습니다. 물론 정무맹의 이목을 피하기 위해선 시선을 끌만 한 것이 있어야겠지만 말이지요."

"교인들에게 몽몽환을 먹여서 정무맹으로 보내. 한 천 명쯤이면 되려나?"

“교, 교주님!”

“그래, 이천 정도가 좋겠어. 그러면 정신이 좀 없겠지. 동시에 화산을 친다.”

“너무 위험한 생각…….”

“반발은 용납하지 않는다. 시키는 대로 해. 몽몽환은 충분하겠지?”

조고의 물음에 제독당주 범전이 태사의 눈치를 힐끗 본 후 대답했다.

“여분은 있습니다만 여전히 후유증이 많습니다. 후유증을 없애기 위해선 좀 더 연구를 해야 합니다.”

“후유증 따위는 상관없다. 하루살이들은 얼마든지 많아. 약효만 충분하면 된다.”

조고가 차갑게 말했다.

몽몽환의 후유증이 알려진 이후에도 조고는 몽몽환의 대량 생산을 명하며 태사와 제독당을 매일같이 닦달했다. 애당초 제독당의 물건이 아닌 몽몽환을 확보하기 위해 태사는 결국 천무장에 도움을 요청했고 소숙은 한호와의 상의하에 몽몽환의 제조비법을 알려줬다.

조고는 교인들에게 닥치는 대로 몽몽환을 풀어 정무맹과의 싸움에 방패로 내세웠다.

후유증 따위는 문제도 되지 않았다.

어차피 몽몽환을 복용하고 싸우던 이들은 약효의 폭주로

인해 미친 듯이 싸우다 후유증이 나타나기도 전에 대부분 목숨을 잃었기 때문이었다.

병력 충원에도 문제가 없었다.

과거에도 그랬듯이 사사천교의 교리에는 백성들을 혹하게 하는 뭔가가 있었다.

사사천교는 정무맹과의 치열한 싸움 속에서도 교세를 확장시키며 수많은 교인을 확보했고 그들은 사사천교를 위해 아낌없이 목숨을 버렸다.

바로 그것이 삼 개월 정도가 한계라던 사사천교가 일 년이 지난 지금까지도 버틸 수 있는 원동력이었다.

"누가 가겠는가? 누가 그들을 이끌고 화산을 쓸어버리겠는가?"

조고의 물음에 설운림이 나섰다.

"제가 가겠습니다."

설운림이 나서기가 무섭게 곳곳에서 자신을 보내달라는 청이 뒤따랐다.

조고는 끝내 대답을 하지 않은 순우건을 차갑게 노려보곤 설운림을 필두로 새롭게 호법의 지위에 오른 손엽(孫燁)과, 예하와 시량 두 장로에게 자신의 복수를 맡겼다.

"어린 계집! 네년이 감히 어떤 짓을 한 것인지 똑똑히 보아두어라."

조고는 인간이 지을 수 있는 가장 잔인한 살소를 입가에 띠우며 손가락을 질겅질겅 씹어댔다.

사흘 후, 화산에서 두 번째 참사가 벌어졌다.

*   *   *

유대웅이 화산에서 벌어진 참극을 들은 것은 오랜만에 방
문한 생사림에서 마음껏 수하들을 닦달하고 장강무적도 뇌하
와 치열한 비무를 벌이고 돌아온 직후였다.
장청이 창백하게 질린 얼굴로 방에 들어섰다.
뜨거운 물에 목욕을 한 후, 차 한 잔을 하며 노곤한 몸을 달
래던 유대웅은 평소와 전혀 다른 장청의 모습에서 직감적으
로 무슨 일이 벌어졌음을 눈치챘다.
"장군가야?"
장청을 저 정도로 격동시킬 수 있는 사건이라면 떠오르는
것은 장군가뿐이었다.
"아, 아닙니다."
장청이 고개를 흔들었다.
"무슨 일이 터지긴 터졌지?"
"예."
"무슨 일인데 장강수로맹을 쥐고 흔드는 군사께서 저리 놀
란 얼굴을 하실까나. 말해봐. 무슨 일이야?"

유대웅은 장청이 편히 얘기할수록 부드러운 분위기를 만들어주었다. 하지만 그런 유대웅의 모습에 장청의 표정은 더욱 어두워졌다.

"답답해. 어서 말을 해보라니까."

"화, 화산이……."

"화… 산?"

유대웅의 표정이 확 변했다.

"화산에 무슨 일이라도 생긴 거야?"

"예."

"무슨 일?"

"……."

"장청!"

유대웅이 장청의 어깨를 거칠게 잡아챘다.

"무슨 일이 벌어진 거냐고?"

"공격을… 화산이 사사천교의 공격을 받았습니다."

유대웅은 피가 거꾸로 치솟는 느낌을 간신히 참아내며 물었다.

"피해는 얼마나 되는데? 지난번처럼 당한 것은 아니겠지?"

"그, 그게……."

"서, 설마. 그렇게 심각한 정도야?"

"그렇… 습니다. 지난번보다 피해 규모가 더 크다는 것 같습니다."

꽝!

유대웅은 화에 못 이겨 탁자를 내려쳤다.

가공할 힘에 원목으로 만든 탁자가 산산조각이 나버렸다.

"두 분 사숙은? 청… 우 사형에게 문제가 생긴 것은 아니겠지?"

질문하는 유대웅의 음성이 심하게 떨렸다.

"두 분께선 치명적인 부상을 당하신 것으로 파악이 되었고 사형께서도 상당히 위중한 부상을……."

장청은 말을 잇지 못했다.

순간적으로 폭주한 유대웅.

그의 전신에서 뿜어져 나온 폭발적인 기운에 장청의 신형이 그대로 날아갔다. 때마침 이석이 움직이지 않았다면 벽에 부딪쳐 큰 부상을 당했을 터.

장청이 큰 부상을 당할 뻔했다는 것을 아는지 모르는지 유대웅의 분노는 사그라들지 않았다.

"으아아아아!"

분노를 참지 못한 유대웅이 엄청난 사자후를 터뜨렸다.

쿠쿠쿠쿵!

유대웅의 무시무시한 기세를 감당하지 못한 건물이 통째로 무너져 내렸다.

군산을 뒤흔든 사자후에 장강수로맹은 그야말로 난리가 났다.

호천단이 모조리 출동한 것은 물론이고 생사림에서 오랜만에 복귀한 황호대원들은 의복도 제대로 갖추지 못하고 뛰쳐나왔다.

"대체 무슨 일이냐?"

영사금창을 들고 허겁지겁 달려온 뇌우가 장청을 업고 겨우 빠져나온 이석에게 물었다.

이석은 장청과 유대웅 간의 대화를 간단히 설명했다.

화산파에 또다시 참극이 벌어졌다는 것을 알게 된 뇌우는 할 말을 잃었다.

뇌우에게 장청을 부탁한 이석이 호천단원에게 명을 내렸다.

"내 허락 없이는 단 한 사람도 맹주님께 접근시키지 마라."

이석의 명이 떨어지기가 무섭게 호천단은 유대웅의 주변을 완벽하게 에워쌌다.

'힘을 내십시오. 맹주님.'

유대웅을 가장 가까이에서 보필하는 이석은 입술을 꽉 깨물며 무릎을 꿇고 있는 유대웅을 안타까운 눈으로 바라보았다.

*　　　*　　　*

뜨거운 햇살이 내리쬐는 늦은 오후.

조그만 나룻배가 동정호 한가운데서 빙글빙글 돌고 있었다.

사공으로는 보이지 않는 청년이 진땀을 흘리며 노를 저어보았지만 방향을 잃은 나룻배는 좀처럼 나아갈 줄을 몰랐다.

"아! 군산이 코앞인데."

멀리 보이는 군산을 향해 손을 뻗는 청년의 얼굴은 극도의 피곤으로 찌들어 있었다.

뽀얗게 먼지가 내린 옷은 남루하기 그지없었고 그마저도 상당 부분이 찢어져 있었다. 심각할 정도는 아니었지만 전신에 꽤나 많은 부상을 당한 듯 곳곳에 핏자국이 보였다.

"가야 하는데……. 어서 가… 야 하는… 데."

힘없이 주저앉은 청년은 자신의 의지와는 상관없이 천천히 눈을 감고 있었다.

바로 그때, 나룻배 뒤로 배 한척이 은밀히 접근했다.

배에서 세 명의 사내가 나룻배로 뛰어내렸다.

나룻배의 출렁거림에도 청년은 눈을 뜨지 못했다.

나룻배에 오른 사내 중 한 명이 청년의 목에 검을 들이밀었다.

"너, 뭐냐?"

청년은 대답하지 않았다.

"뭐냐니까?"

사내는 짜증 섞인 음성과 함께 청년의 목에 들이민 검에 힘을 살짝 주었다.

살갗이 베어지며 피가 주룩 흘렀다.

그 덕분인지 감겼던 청년의 눈이 잠시 떠졌다.

"뭐하는 놈인데 여기서 알짱거려?"

비로소 낯선 사람이 나룻배에 탄 것을 의식한 청년이 안도한 표정을 지었다.

"화… 산파. 소… 사숙조님을 뵈러……."

제대로 귀를 기울인다고 해도 잘 알아듣지 못할 정도로 몇 마디를 나직이 내뱉은 청년은 다시 눈을 감았다.

사내는 청년이 무엇을 말하려는지 전혀 알지 못했다. 그러나 화산이란 단어는 그의 뇌리에 각인되듯 새겨졌다.

'화… 산?'

사내의 안색이 확 변했다.

요 며칠 수로맹의 분위기가 무엇 때문에 그리 좋지 않은 것인지 잘 알고 있던 그는 화산이라는 말에 주목했다.

"맹으로 데리고 가자."

"맹으로?"

동료들이 의아한 표정으로 되묻자 사내가 다급히 외쳤다.

"빨리 서둘러!"

사내가 청년을 둘러업었다. 그 충격 때문인지 청년이 다시금 눈을 떴다.

"가, 감……."

"됐고. 감사를 하게 될지 어쩔지는 나도 모르니까 인사는 나중에 하자고. 화산에서 온 거야?"

청년이 간신히 고개를 끄덕였다.

"역시. 그런데 이름이 뭐야?"

"운… 종."

그 말을 끝으로 운종은 완전히 정신을 잃었다.

눈을 뜬 운종이 처음 본 것은 해골처럼 마른 얼굴에 반짝반짝 빛나는 눈빛을 지닌 노인이었다.

"정신이 드느냐?"

이생당주 염비가 물었다.

운종은 좌우를 두리번거리며 고개를 끄덕였다.

고개를 끄덕이기가 무섭에 곁에 서 있던 유대웅이 물었다.

"화산에서 왔다고 했나?"

얼떨결에 고개를 끄덕이던 운종이 유대웅의 얼굴을 확인하곤 깜짝 놀라 몸을 일으키려 했다. 하지만 겨우 정신을 차린 그가 그런 힘이 있을 리가 없었다.

"그대로 누워 있어. 아직 움직이면 안 된다니까."

"화, 화산파의 제자 운종이 소사숙조님을 뵙습니다."

순간, 유대웅의 얼굴에 곤혹스러움이 깃들었다.

소사숙조라 부르는 것을 보면 자신의 신분을 제대로 안다

는 것이었는데 기억 속에 운종의 모습은 없었다. 애당초 화산
파 제자와 별다른 교류가 없던 그였다.

"나를 아나?"

"그, 그렇습니다."

"난 기억에 없는데."

"거의 뵙지를 못했으니까요. 하지만 제자는 여전히 기억하
고 있습니다. 검선 태사백조님의 손을 잡고 처음 화산에 오르
시던 모습을요."

"음……."

어렴풋이나마 기억이 났다.

당시 산문을 지키던 제자가 운종인지는 정확히 기억이 나
지는 않았지만 접촉이 있었던 것만은 분명했다.

"한데 어째서 이곳까지 온 것이지? 더구나 이런 몰골로."

그제야 자신의 임무를 떠올린 운종이 어디서 그런 힘이 났
는지 갑자기 몸을 일으켰다. 그러나 자신의 의복이 바뀐 것을
알고는 이내 당황한 빛을 띠었다.

"치료를 위해서 어쩔 수 없었다. 네 물건은 이곳에 있으니
걱정하지 말거라."

염비의 말에 안도의 한숨을 내쉰 운종은 걸레쪽으로 변한
웃옷을 집어 들더니 소맷단을 찢었다. 그러자 그 사이에서 얇
은 종이 하나가 나풀거리며 떨어졌다.

"사사천교의 공격은 실로 매서웠습니다. 엄청난 희생을 치

르면서 간신히 막아내고는 있었지만 언제까지 버틸 수 있을지 알 수가 없었습니다. 그때 청우 사숙조께서 부르셨습니다. 그리곤 제자에게 이 서찰을 주셨습니다. 반드시 소사숙조님께 전해야 한다는 말씀과 함께. 제자는 서찰을 분실하거나 혹여 적들에게 빼앗길 것이 두려워 소맷단을 뜯고 서찰을 감추었습니다.”

힘에 부치는지 운종이 덜덜 떨리는 손으로 서찰을 받쳐 들었다.

유대웅은 울컥 올라오는 뭔가를 애써 억누르며 서찰을 받았다.

곳곳에 묻은 피가 당시의 상황이 얼마나 급했는지 알려주었다.

‘사형.’

유대웅은 아버지이자 형이었던, 곱사등에 왜소한 체구를 지녔음에도 대해보다 더 넓고 따뜻한 마음을 지닌 청우의 얼굴을 떠올리며 입술을 꽉 깨물었다.

피 묻은 서찰을 펼쳤다.

서찰에는 단 한 줄의 글귀가 적혀 있었다.

도와다오.

와락!

불끈 쥔 주먹에 서찰이 일그러졌다.

붉게 변한 얼굴에서 심줄이 툭툭 튀어나왔다.

극도의 인내력으로 폭발할 듯 치미는 분노를 참아냈다.

서찰을 움켜쥔 자세로 한참이나 서 있던 유대웅이 장청에게 고개를 돌렸다.

"장청."

"예. 맹주님."

"원로회의를 소집해라."

"맹주님."

"명령이야."

장청이 흠칫 놀란 얼굴로 유대웅을 바라보았다.

평소에 단 한 번도 명령이라는 말을 쓰지 않던 유대웅이었다.

그것만으로 그의 결심이 얼마나 굳건한지 느낄 수 있었다.

"알겠습니다."

장청은 더 이상 토를 달지 않고 물러났다.

그날 밤, 원로회의에서 한 가지 사안이 결정되었다. 그 결정 사안은 외부로 공표되지 않았다.

*   *   *

동정호 군산에 수백 척의 배가 등장한 것은 하늘에 구멍이

라도 뚫린 듯 사흘째 퍼붓는 빗줄기가 절정을 맞이하던 저녁
무렵이었다.

　장강수로맹에 속한 모든 수채의 배가 동원되었고 그들과
떼려야 뗄 수 없는 수많은 표국, 상단이 소유한 배도 동원되
었으며 유람선은 물론이고 심지어 어부들의 고깃배까지 동원
되었다.

　조용히 동정호에 도착한 배들은 수신호에 따라 일렬로 늘
어서기 시작했다. 배에 탑승한 인원들은 배와 배 사이에 완충
작용을 하는 물건들을 끼워 넣고 흔들리지 않도록 어른 팔뚝
만 한 두께의 밧줄로 단단히 연결했다.

　작업을 한 지 정확히 네 시진 만에 군산에서 악양까지 거대
한 다리가 놓였다.

　수백 척에 달하는 배가 모든 이의 힘으로 하나로 연결되어
늘어선 모습을 실로 장관이 아닐 수 없었다.

　이 모든 것은 오직 한 사람을 위해 준비된 것이었으나 정작
그 주인공은 아무것도 모른 채 술만 들이켜고 있었다.

　"이제 그만 떠나야겠습니다. 날이 밝으면 아무래도 움직이
기 불편한 점이 많아요."

　유대웅이 술잔을 내려놓으며 하는 말에 장청이 슬쩍 고개
를 돌렸다.

　장청의 시선을 접한 이석이 고개를 끄덕이자 장청의 입가

에 묘한 미소가 떠올랐다.

"그것이 좋겠습니다. 마침 빗줄기도 다소 약해진 것 같고요."

"약해지긴. 어젯밤보다 더욱 거세진 것 같은데."

뇌우가 불콰해진 얼굴로 술을 들이켜며 말했다.

"그만하는 게 좋겠네. 우리 모두 충분히 마셨어. 어쨌거나 떠날 사람은 떠나야지."

자우령이 뇌우의 술잔을 빼앗으며 말했다.

"그래도 마지막 잔은 다 함께 들고 떠나야 하지 않겠습니까?"

단혼마객의 제의에 모두 잔을 채웠다.

"건강하여라."

자우령이 한마디 했다.

"그 병신들. 모조리 쓸어버려."

뇌우가 잔을 치켜들며 소리쳤다.

뇌우에 이어 마독이, 금완이, 단혼마객이 건승을 기원하는 덕담을 건넸다.

뜨거운 눈길로 한 사람 한 사람을 바라보던 유대웅은 아무런 말을 하지 않았다. 그저 정중히 머리를 숙이는 것으로 감사를 표했다.

"장강수로맹을 위하여!"

"맹주를 위하여!"

　마지막 건배와 함께 장강수로맹의 핵심 수뇌들만 모였던 술자리는 끝이 났다.

　술자리를 파하고 밖으로 나온 유대웅은 약간은 상기된 얼굴로 봇짐을 메고 있는 운종을 보며 미안한 표정을 지었다.

　"오래 기다렸다."

　"아, 아닙니다. 소사숙조님."

　운종이 황급히 고개를 흔들었다.

　장강수로맹에 도착하기 전, 사사천교의 거센 공격에도 화산파가 살아남았고, 이후 정무맹에서 급파한 병력이 화산파를 지키고 있다는 것을 알고 있었기에 큰 걱정은 없었다. 다만 막상 출발 시간이 다가오자 그저 가슴이 조금 뛸 뿐이었다.

　"모시겠습니다."

　유대웅과 운종은 호천단주 이석의 안내를 받으며 걸음을 옮겼다.

　한데 이석이 안내하는 길은 평소 배를 타는 곳이 아니었다.

　"어디로 가는 거야?"

　유대웅이 물었다.

　"앞쪽 부두가 조금 무너졌습니다. 해서 반대편 부두로 가는 길입니다."

　"흐음."

아무런 의심도 없이 그저 묵묵히 걸음을 옮기는 유대웅.

뒤따르는 장청과 수뇌들은 서로에게 눈빛을 교환하며 웃고 있었다.

"맹주님께서 도착하셨습니다."

앞서 걷던 이석의 우렁찬 외침이 군산을 뒤흔들었다.

유대웅이 눈살을 찌푸렸다.

가급적 은밀히 떠나야 하는 상황에서 이석이 어째서 이런 소란을 피우는지 이해를 하지 못했다.

하지만 이석의 외침이 끝나기도 전, 유대웅은 놀라운 광경을 목격하게 되었다.

횃불이 밝혀지기 시작했다.

군산에서 시작된 횃불은 배와 배로 널뛰기를 하더니 순식간에 동정호를 관통하여 악양까지 이어졌다.

거센 빗줄기 속에서도 횃불은 거침없이 타올랐다.

"허! 장관이군."

자우령의 탄성에 뇌하가 어깃장을 놨다.

"이 녀석이 뭐 그리 잘났다고 이런 호사일까나."

말은 그리하면서도 두 눈이 휘둥그레진 것을 보면 그 역시 크게 감탄하고 있는 듯했다.

"기름 값이 꽤나 들었습니다."

장청이 유대웅의 어깨 뒤에서 조용히 말했다.

"네놈 짓일 줄 알았다."

어이없다는 표정으로 고개를 흔들었지만 입가 가득 웃음이 지어졌다.

"좋구나! 장강수로맹 맹주의 출정식인데 이 정도는 되어야지. 암, 이 정도는 되어야 하고 말고."

뇌우는 벌어진 입을 다물지 못하고 연신 손가락을 치켜세웠다.

"앞장서겠습니다."

이석이 몸을 돌려 걷자 어느새 따라붙은 호천단원들이 좌우로 도열하며 길을 만들었다.

유대웅이 그 길을 따라 천천히 움직였다.

첫 번째 배에 오르자 우레와 같은 함성이 터져 나왔다.

유대웅이 피식 웃음을 터뜨렸다.

첫 번째 배에 승선하고 있는 이들이 다름 아닌 백호대였기 때문이었다.

"어디 갔나 했더니만 여기 있었군."

유대웅이 조건을 보며 웃자 조건이 허리를 숙이며 전음을 보내왔다.

[무사히 돌아오십시오, 맹주님.]

조건은 다른 대원들이 듣지 못하도록 전음을 보냈다.

유대웅이 군산을 떠나는 것은 극비 중의 극비로 핵심 수뇌들을 제외하고는 아무도 그 사실을 알지 못했다.

[내가 없는 동안 잘 부탁한다.]

가볍게 대꾸한 유대웅이 다음 배에 올랐다.

그 배에서도 열렬한 환영의 함성이 터져 나왔다.

그것이 시작이었다.

장강수로맹에 속한 모든 이가 하나로 이어진 배의 좌우에 도열했고, 유대웅이 지나갈 때마다 뜨거운 외침과 함성으로 충성을 맹세했다.

선상을 강타하는 빗소리.

빗소리보다 더욱 우렁찬 외침.

유대웅이 지날 때마다 각자의 병장기를 꺼내 경의를 표하는 소리가 모든 이의 가슴을 뜨겁게 만들었다.

그렇게 가슴 벅찬 배웅을 받으며 유대웅은 마침내 육지와 연결된 마지막 배에 도착을 했다.

그곳에서 유대웅을 맞이한 사람은 가볍게 우산을 받쳐 들고 있는 항몽이었다.

"기다리고 있었어요."

"어디 가셨나 했습니다."

항몽이 배시시 웃었다.

"이것저것 준비할 것이 많아서요."

"준비는 끝났습니까?"

"예. 완벽하게요."

항몽이 눈짓을 하자 이석이 짧게 외쳤다.

"호천단."

사전에 약속이 되어 있는 것인지 좌우로 퍼진 호천단원들이 주변을 완전히 에워쌌다.

유대웅이 얼굴에 쓴 호면을 천천히 벗었다.

호면은 유대웅의 손에서 항몽에게, 그리고 어느새 나타난 항평에게 전해졌다.

"부탁한다, 항평."

"맡겨주십시오."

호면을 뒤집어쓴 항평이 자신있게 외쳤다.

항평의 양 어깨를 꽉 잡으며 믿음을 표시한 유대웅의 시선이 자우령 등에게 향했다.

그들은 무한한 신뢰의 눈으로 유대웅을 배웅했다.

유대웅의 시선이 마지막으로 멈춘 곳은 혜지(慧智)로 빛나는 장청의 두 눈이었다.

이심전심(以心傳心).

굳이 말로 하지 않아도 눈빛만으로 서로의 마음을 주고받았다.

장청과 한참이나 눈빛을 교환하던 유대웅이 모두에게 허리를 숙였다.

"다녀오겠습니다."

그 말을 끝으로 유대웅이 빙글 몸을 돌렸다. 그리곤 운종의 팔을 살짝 잡으며 말했다.

"그럼 가볼까?"

“예? 예……."

대답이 끝나기도 전에 운종은 자신의 몸이 허공에 붕 뜬다는 느낌을 받았다.

그토록 장관을 연출했던 광경들이 순식간에 빗속으로 사라지고 있었다.

운종은 고개를 돌려 유대웅을 바라보았다.

한 번에 칠팔 장을 거침없이 내달리는 유대웅의 입가엔 가벼운 미소가 걸려 있었다.

『장강삼협』 1부 완결

그동안 장강삼협을 사랑해 주신
모든 분께 진심으로 감사드립니다.
유대웅의 무림행으로 이어지는 2부로 곧 찾아뵙겠습니다.
참고로 장강삼협 2부는
이젠북(http://www.ezenbook.co.kr/)에서
먼저 만나보실 수 있습니다.

FANTASTIC ORIENTAL HEROES
백야 新무협 판타지 소설
浪人天下
낭인천하
낭인천하
浪人天下
2
1

강렬함을 원하는가?
원한다면 읽어라!
『권왕강림』

주먹으로 마왕을 때려잡던 이계의 피스트 마스터, 카론!
나약한 왕따와 영혼이 교체되어 현대에 다시 태어나다!

"앞을 가로막는 자는 때려눕힌다!"

맨손으로 불평등한 세상을 평정할
위대한 권왕의 이름을 기억하라!

권왕 상두 강! 림!